Le corps des autres

Ivan Jablonka

Le corps des autres

Éditions du Seuil

Cet ouvrage a initialement paru
dans la collection « Raconter la vie »
dirigée par Pierre Rosanvallon
et Pauline Peretz.

ISBN 978-2-7578-6600-9
(ISBN 978-2-37021-034-0, 1re publication)

1

Celle qui rend belle

Pourquoi va-t-on chez l'esthéticienne ?

Après tout, on peut tout faire toute seule : s'épiler, se maquiller, se mettre du vernis. Pour cela, il y a des rasoirs jetables, des appareils électriques, des crèmes, des produits de beauté. On peut aussi s'entraider, en demandant à sa mère ou à sa sœur de faire un henné, d'appliquer la cire au miel. Mais il y a encore une autre manière d'atteindre la beauté : aller chez l'esthéticienne.

L'esthéticienne est détentrice d'une compétence dont l'objet est la beauté et le bien-être. Elle entoure, conseille, rassure, valorise. Elle est la complice qui aide à être belle, plus belle. L'esthéticienne est celle qui prend soin de moi mieux que moi-même.

La femme qui gère un institut, la professionnelle de la beauté, s'appelle en anglais *beautician*, qu'on traduira par « beauticienne », contraction imaginaire de « beauté » et de « magicienne ». Car il y a une magie du résultat, une immédiateté jubilatoire du soin : de chez l'esthéticienne, on ressort magnifique, rayonnante, alors qu'on quitte le cabinet du dermatologue avec une ordonnance et celui du psychanalyste avec le sentiment qu'il reste pas mal de travail.

Le succès des instituts de beauté ne se dément pas, non seulement en Europe, mais aussi en Amérique du Nord et dans le monde arabe. En France, le secteur est en plein boom. Le nombre d'instituts augmente constamment et les directrices d'école d'esthétique-cosmétique se félicitent de ne pas avoir une seule élève au chômage.

Ce succès a une réalité territoriale. Évoquer les métiers de l'esthétique, c'est faire une balade à travers le pays : les instituts de beauté sont à notre société ce que les bistrots étaient à la France des années 1950. Pas un village, pas un quartier qui n'ait son « salon pour dames », lieu d'échange et d'apprentissage, héritier du salon du XVIIIe siècle, qu'on apprécie pour sa décoration, son atmosphère ou son entre-soi. Au-delà de l'institut de beauté, l'esthétique nomade gagne du terrain. Elle s'exerce dans un hôtel de luxe, une station de ski, un spa, un centre de thalasso, un bateau de croisière.

Paradoxalement, l'omniprésence de l'esthétique va de pair avec son invisibilité sociale. Le recours à l'esthéticienne oblige à reconnaître que la beauté est artificielle et entretenue, résultat d'un service rémunéré. Parce qu'elle détient les clés de leur apparence, l'esthéticienne a du pouvoir sur ses clientes, mais, en raison même de cette supériorité, elle n'a pas vocation à apparaître en pleine lumière. Personne ne raconte son rendez-vous chez l'esthéticienne. La fabrique de la beauté doit rester secrète.

Dans notre société de l'exhibition, il y a donc encore de l'inavouable : le fait que l'on confie son corps à une spécialiste de la beauté qui contribue à le rendre plus doux, plus lisse, plus jeune, plus tonique. D'où la double invisibilité de l'esthéticienne. Non seulement elle est une « manuelle » (avec tout le mépris que ce mot charrie en France), mais elle exerce une activité de salle de bains, une profession de boudoir.

*

Mon enquête porte sur celles dont le métier est de s'occuper du corps des autres, pour leur bien-être et leur agrément. Privilège de celle qui sait rendre belle ; abaissement de celle qu'on admet dans son intimité, comme une servante. On lui confie ses espoirs et ses désirs, mais on lui sous-traite les tâches déplaisantes qu'on répugne à effectuer soi-même.

D'un côté, l'esthéticienne possède un savoir-faire, une compétence technique, origine de sa polyvalence : épilation, soin du visage et du corps, modelage, onglerie, maquillage, avec des spécialités comme le palper-rouler, le massage ayurvédique, l'hydrothérapie, la digitopression ou la réflexologie plantaire. D'un autre côté, pour que la cliente se sente fraîche et détendue, il faut que quelqu'un ait passé du temps à la masser, à lui enlever des poils, des peaux mortes, des ongles, des points noirs, de la corne, de la cellulite. L'abandon du corps indique une confiance, une gratitude, mais aussi une possibilité de condescendance, voire d'humiliation.

Problème : je ne vais jamais chez l'esthéticienne. Une fois, en Turquie, quand j'avais 15 ans, nous sommes allés au hammam et j'en suis sorti merveilleusement régénéré, tel une rose de printemps. Une autre fois, mon frère m'a offert un massage dans un institut de beauté pour hommes. Pour le reste, je prends soin de mon corps *a minima* : je me douche tous les jours, je me rase de temps en temps, je mets de la crème hydratante sur mon visage et sur mes mains. Ces gestes sont machinaux et, s'ils le sont, c'est parce que je suis habitué à les accomplir moi-même. Je suis mon propre esthéticien, si l'on excepte la coupe de cheveux, que je confie à un coiffeur. Telle est la pratique de tous les hommes que je connais.

Ma femme revient de chez l'esthéticienne avec des anecdotes, des « choses vues » qu'elle me fait partager. L'employée qui s'occupe d'elle habituellement est intelligente, fine, volontaire, comme toutes les esthéticiennes que j'ai rencontrées pour ce livre. Il s'agit peut-être là d'un « effet de source ». Si je n'ai pas vu d'esthéticiennes aigries ou simplettes – il y en a certainement –, c'est parce que ma route n'a pas croisé la leur. Il faut de la générosité et une certaine ouverture d'esprit pour accepter de rencontrer un chercheur et lui donner un peu de son temps.

Les « secrets de femmes » m'intéressent peu. Ce que je vis par procuration, à travers les récits de ma femme, ce qu'elle me fait véritablement découvrir, c'est l'institut de beauté comme espace de travail et de vie, comme point de rencontre, capsule d'intimité, lieu d'échange, moment d'un service indissociablement physique et psychologique, zone de contact entre différentes générations et différents groupes sociaux. Mon sentiment d'étrangeté provient de mon inexpérience, mais aussi, à l'évidence, de mon sexe. Être un homme n'est pas inutile pour comprendre un univers de femmes.

Ce qui me frappe aussi, c'est le contraste entre la complexité des opérations et l'évidence muette et délicieuse du résultat. Il indique l'écart entre *l'esthétique* et *l'esthéticienne*, entre le rêve glamour et les réalités du métier, entre le fantasme et la technique, entre le prestige et le poil aux pattes, mais aussi entre le cliché de l'esthéticienne idiote et la passion qui habite celles que j'ai rencontrées.

Je fais des sciences sociales, en conciliant une démarche et une écriture. La sociologie est une littérature contemporaine.

Je suis historien de métier. J'ai fréquenté, par-delà les siècles, les enfants abandonnés, les jeunes détenus, les pauvres des grandes villes, les prisonniers politiques, les déportés. Mon travail dessine une histoire du corps violenté et humilié, martyrisé ou détruit. Dans ce livre, au contraire, je m'intéresse à la peau douce, au visage épanoui, au galbe, au corps en gloire, choyé, illuminé par une perfection de rêve. Or la célébration du corps est à la fois une pratique et une idéologie.

2

La vie de Sophia

Dans le cadre de mon enquête, j'ai rencontré douze esthéticiennes, avec lesquelles j'ai pu m'entretenir plusieurs heures. Mes interlocutrices appartiennent à trois générations : 20-25 ans ou la sortie d'études ; 35-45 ans ou le milieu de la vie active ; la cinquantaine ou le temps du bilan. Chacune d'elles a un milieu sociogéographique d'exercice : le rural profond, le périurbain, la banlieue, une commune chic, le XVIe arrondissement de Paris, un quartier bobo de la capitale, un quartier populaire, etc. Leur anonymat est garanti par l'utilisation d'un pseudonyme et le floutage de certaines informations.

Sophia est la première que j'ai interrogée. Elle a eu la gentillesse de m'accorder trois entretiens, à la fin de sa journée de travail. Par son intelligence, sa vivacité, son sens de la tchatche, elle m'a aidé à mieux comprendre la profession et à affiner mon questionnaire. Elle a 23 ans.

Née et abandonnée en Afrique du Nord à la fin des années 1980, Sophia a été adoptée par une famille établie en Picardie. À 7 ans, aux Nouvelles Galeries, elle a rencontré une esthéticienne, une jeune femme qui lui a fait essayer un parfum, « Coco Mademoiselle » de Chanel, et lui a mis un peu de blush sur les joues. Cette femme, qui incarnait pour elle la beauté, mais aussi la bonté et le don de soi, l'a bouleversée. Sophia a commencé à se maquiller à 11 ans, avec du mascara, en cachette.

À la fin de sa troisième, elle a fait un BEP vente-action marchande, puis un bac commerce. Elle a commencé à travailler à 19 ans, dans une boutique. En 2010, elle a déménagé en banlieue parisienne pour s'inscrire dans une école privée d'esthétique, à 8 000 euros l'année. Il a fallu prendre un crédit. Financièrement, c'était difficile : comme ses allocations chômage touchaient à leur fin, elle devait travailler au McDo de 18 heures à minuit.

À l'école d'esthétique, les élèves s'entraînaient les unes sur les autres dans une immense salle pleine de tables d'examen : soin du visage, modelage facial, épilation (sauf le maillot intégral), manucure, le tout sous le contrôle de l'enseignante. En maquillage, Sophia était excellente – souvenir de l'enfance. Pour l'épilation des cuisses, sa binôme l'a tellement mal épilée qu'elle lui a fait un bleu.

Titulaire du CAP esthétique (en plus de son bac commerce), Sophia a été embauchée immédiatement, sans période d'essai, dans deux instituts du XVe et du XXe arrondissements de Paris.

Le matin

J'arrive toujours en avance, vers 9 h 30. Je vais acheter à manger, car il n'y a pas de cantine, pas de Ticket Restaurant. Je mets mon déjeuner au frigo, je pose mon manteau et je me mets en tenue de travail. Tu arrives toujours nickel, maquillée, bien coiffée, épilée des sourcils, les ongles propres et courts. On n'a pas le droit d'avoir les ongles longs, ni de vernis, car si tu fais un soin du visage et que la cliente fait une réaction allergique…

Quand on est d'ouverture, on allume les lumières, on fait chauffer les pots de cire, les appareils, les roll-on, on checke le planning, s'il y a des couacs, des imprévus, une collègue absente.

Un petit mot de la manager

« Bonjour les filles ! On fait du chiffre aujourd'hui, je veux au minimum 200 euros, au moins un PNF chacune [« paiement en *n* fois », au minimum 599 euros] et deux produits chacune. Vos prestations sont variées et cela est complètement possible ! Je compte sur vous et j'attends des preuves de vos compétences professionnelles ! Le CA de ce jour me le dira. Bonne journée à toutes et bon courage ! »

Un planning

10 heures : palper-rouler.

10 h 30 : Velasmooth [appareil anticellulite].

11 heures : fusion [peeling au laser qui permet de traiter les rides].

11 h 30 : épilation.

12 h 15 : LP [lumière pulsée, pour l'épilation dite « définitive »].

12 h 30 : fusion.

13 heures : épilation.

13 h 30 : LP et couverture chauffante.

13 h 45 : épilation.

14 h 15 : pause-déjeuner [On n'a qu'une heure. Il faut rester dans l'institut, parce que

sinon il n'y a personne à l'accueil. Je mange des plats préparés, des salades, des soupes].

15 h 15 : palper-rouler.
15 h 45 : LP.
16 heures : épilation.
16 h 30 : épilation.
17 heures : palper-rouler.
17 h 30 : pressothérapie.
Etc.

Tous les plannings ne se ressemblent pas. Une esthéticienne attachée à un institut bio :

Parfois, je mange à 16 heures. Il y a des journées plutôt manucure, des journées plutôt épilation et des journées où il y a un peu de tout. Avant l'été, on a beaucoup de beauté des pieds. L'hiver, c'est des massages, des soins du visage.

La notion même de « planning » révèle une organisation quasi scientifique du travail, un système qu'on ne maîtrise pas et auquel on ne peut échapper. Les esthéticiennes à leur compte et les esthéticiennes à domicile, elles, ont un « agenda ». Leur liberté est beaucoup plus grande à cet égard.

Après avoir travaillé 15 ans comme animatrice et formatrice dans de grands groupes de cosmétique, Olga, 48 ans, s'est installée dans le Sud-Ouest avec son mari :

Mon amplitude horaire, c'est 9 h 30-19 heures. Je travaille entre midi et deux, pour que les commerçantes du village puissent venir. Le nombre de clientes est très variable : en moyenne, deux le matin, trois ou quatre l'après-midi, disons six ou sept en tout. Tout à l'heure, la bouchère m'a appelée, elle veut absolument faire son épilation. Ce sera après 19 heures, mais je peux attendre, on va rester jusqu'à 20 heures. Je suis à trois kilomètres de la maison, donc je ne vais pas mettre une heure pour rentrer chez moi. À Paris, tout ça, c'est impensable.

Rythmes

Sophia, à nouveau :

Quand j'ai fini avec une cliente, je remets du papier tout de suite sur la table, je sors de la cabine, la cliente se rhabille, je dis bonjour à la cliente suivante, je l'installe, j'encaisse la première pendant que l'autre se déshabille, et je retourne en cabine avec elle.

Une cliente en retard. Si c'est de dix minutes, je réduis son temps à elle. De trente minutes, impossible de faire la séance. Si elle s'énerve, je lui propose un soin complémentaire, une couverture chauffante ou une presso.

Quand c'est moi qui suis en retard, tant pis, je finis super tard. Si une épilation a duré trop longtemps, je ne mange pas, ça t'arrive plein de fois au début. Des fois, pendant la pause-déjeuner, ma collègue vient me chercher : « Steuplé, tu peux prendre Mme Machin ? »

Tu fais pipi à la pause-déjeuner ou à la fin de la journée, ou quand une cliente est en train de se déshabiller, tu cours. Il y a des journées où t'enchaînes, t'enchaînes, t'enchaînes. Sauf – miracle – quand la cliente ne vient pas ! Là, c'est trop bien, tu peux fumer ta clope. Mais, en fait, si la cliente ne vient pas, on a toujours à s'occuper : on fait le réassort cabine [pots de cire, lingettes, spatules, gel antibactérien] ou le ménage. Il n'y a pas de créneau de ménage, donc, si on fait le ménage après, ce n'est pas payé.

Si une collègue ne vient pas, il faut annuler toutes ses clientes, tout en gérant les tiennes. Il faut appeler tout le monde, attendre la confirmation que la cliente a bien eu le message, reprendre rendez-vous, c'est terrible. Les rendez-vous sont pris un mois à l'avance !

On court toute la journée. Des journées marathon. Dans la restauration, tu speedes pareil, mais les rushes, c'est midi-14 heures. Nous, c'est toute la journée. J'en ai tellement marre, en fin de journée, que j'en parle à mes clientes. Tu deviens *border line* à la fin, tu changes de personnalité.

Le soir

Au début, les six premiers mois, t'es morte. Moi, j'habite en banlieue, une heure et demie aller et pareil au retour, donc trois heures en tout, c'est énorme. J'arrive chez moi, il est 23 heures, je dîne à 23 h 30, je me douche à minuit, je me couche à 2 heures, puis je me lève à 7 heures. Bref, je loue mon appart pour cinq heures !

Vendre

La vente des produits de beauté est l'une des clés de l'économie d'un institut. Pendant leurs études, on apprend aux esthéticiennes qu'un institut qui vend mal ses produits court à sa perte. Le problème est que les clientes viennent pour se détendre et n'ont pas envie d'être harcelées.

Tu commences au SMIC, 1 100 euros, à moins d'avoir un BTS qui est dans une grille tarifaire supérieure. L'intéressement est très faible, tu touches une com de 3 %, mais sur le prix hors taxes. Si tu vends bien les produits, tu montes à 1 500, 1 600. Des collègues font 2 000, mais là, faut travailler beaucoup.

On est commissionnée, donc on pousse la cliente à la conso. Tout ce que je détestais dans le commerce, je l'ai retrouvé en esthétique. Une fois, ma collègue me dit : « Je devais vendre une cure minceur à Mme T., mais elle s'en va à l'étranger. » Ma réaction immédiate : « C'est génial, elle a trop de chance ! » Mais ma collègue n'était pas contente, Mme T. ne sera pas le prochain pigeon.

Si ça ne marche pas, tu te prends des reproches : « T'es bonne à rien en ce moment, qu'est-ce qui se passe ? Tu ne te dépasses plus, tu es en perte de motivation. » Oui, mais si la vente ne marche pas, ça ne sert à rien de faire du bourrage. Le forcing, c'est mauvais, la cliente ne revient plus, le plaisir du soin n'est plus là. Il faut faire passer une vente en douceur, sinon c'est forcé. Il faut un message subliminal.

La fatigue

Qu'elles travaillent à Paris, en banlieue ou à la campagne, toutes les esthéticiennes le disent : ce n'est pas un métier qui paie. Esthéticienne, ça ne décolle jamais du SMIC, 1 300 nets en fin de carrière. Mais l'avantage, c'est qu'il y a toujours des postes : si on perd son travail, on en retrouve facilement.

C'est Sophia qui m'a sensibilisé à la folie du timing. L'esthéticienne ne cesse de courir après le temps, alors que la cliente est là pour prendre son temps. Le temps-stress de l'esthéticienne permet le temps-relaxation de la cliente. C'est Sophia aussi qui m'a parlé de fatigue, de ce que les sociologues appellent la « pénibilité du travail ».

À la fin de la journée, tu n'as plus de pieds. Tu piétines énormément. Si tu arrêtes de bosser, tu prends du poids. Tu es toujours en mouvement, toujours debout, sauf pendant les soins du visage. Massages, épilation, palper-rouler, soins minceur, à l'accueil, tu es toujours debout.

Si la cabine est mal éclairée, on force sur nos yeux, surtout quand il faut être minutieuse. Les massages et les palper-rouler font forcer au niveau du poignet. Tu es très tendue, dans une posture crispée. Les tables sont standard. Que tu fasses 1 m 55 ou 1 m 75, la table est au même niveau. Je ne suis pas forcément bien : la table est trop petite, je me tiens voûtée, j'ai mal au dos.

*

Par la suite, au cours de mes entretiens, j'ai toujours abordé la question de la fatigue physique, et toutes mes interlocutrices en étaient à la fois surprises et reconnaissantes. Elles m'ont parlé de leurs maux, petits et grands, à l'exception de ceux provoqués par l'absence de fenêtre dans les cabines – or je ne suis pas sûr qu'il soit indifférent de travailler dans un local aveugle, privé de la lumière du jour. En revanche, les esthéticiennes connaissent une grande variété de douleurs. Il faut avoir mal dans son corps, dans son dos, dans ses poignets et ses jambes, il faut avoir des douleurs musculaires, des tendinites, des entorses, des lumbagos, de la sciatique, des problèmes de dos à 40 ans, pour que la cliente sorte détendue et légère de l'institut, avec une « peau éclatante d'énergie ». L'esthéticienne dépense son corps au bénéfice de celui de la cliente.

C'est en ce sens que les métiers de l'esthétique sont « physiques ». Peu valorisés, mal payés, fatigants, répétitifs, ils sont dominés socialement. On a donc le droit d'espérer, pour ses filles, un autre avenir. Mais l'esthétique n'est pas pour autant un métier par défaut : c'est un métier qu'on choisit, qu'on aime et auquel on trouve de l'intérêt.

*

La dernière fois que j'ai vu Sophia, elle sortait d'une rupture difficile. Elle rêvait de retrouver sa mère biologique, dont elle ne connaît malheureusement que le nom. Elle devait s'installer avec une associée dans le XVIe arrondissement de Paris, mais le contrat dissimulait toutes sortes de vices et Sophia y a renoncé la veille de l'ouverture. Elle s'est retrouvée avec 8 000 euros de matériel sur les bras : table de massage, ustensiles, produits.

Aujourd'hui, elle travaille à domicile : une épilation par-ci, un massage par-là, une séance de maquillage à l'anniversaire d'une petite fille.

3

Entre psy et coach

L'esthétique donne lieu à des expériences professionnelles très différentes. La gérante, la manager, l'employée, l'apprentie n'ont pas les mêmes responsabilités. Ce n'est pas la même chose que de travailler à domicile, dans un institut de village ou chez Body Minute, où l'on épile en vingt minutes chrono sans rendez-vous. Les esthéticiennes en fin de carrière portent souvent un regard critique sur leurs jeunes collègues : les filles qui ont le CAP ne prennent plus le temps, mais les filles qui ont le BTS sont trop techniques.

En revanche, il y a un point sur lequel toutes les esthéticiennes s'accordent : la dimension psychologique de leur métier. L'intimité non sexuelle qui définit la *relation esthétique* va bien au-delà du service marchand. La prestation physico-corporelle est inséparable du contact, de la capacité d'écoute, de l'échange humain.

*

L'esthétique se décline presque exclusivement au féminin. La profession est féminisée à 98 % et la clientèle se compose majoritairement de clientes. Quant au terme d'« esthéticien », il désigne plutôt un philosophe versé dans l'esthétique, la beauté et les arts. Esthéticienne, esthéticien : la femme épile, l'homme pense. Tristes partages du vocabulaire.

Logiquement, plusieurs gérantes d'institut m'ont tenu un discours très construit sur la « féminité » : jupe, maquillage soigné, pas de piercing, aucun kilo en trop. Sollicitées par les clientes, les esthéticiennes sont amenées à leur prodiguer des conseils en séduction : éviter les jeans, les joggings et les chaussures plates, être toujours coiffée et maquillée, prendre soin de sa peau avec tel ou tel produit. Des femmes apprennent la « féminité » à d'autres femmes.

« Mon mari me demande de mettre des porte-jarretelles !

– Et alors, où est le problème ? »

Outre le fait que ce genre de conseils peut agacer les clientes, il justifie les stéréotypes sexistes : « trucs de bonnes femmes », conversations « féminines », c'est-à-dire superficielles et cancanières. Bien sûr, l'institut de beauté est un gynécée, mais ce mot ne doit être pris ni dans un sens dépréciatif, ni dans un sens érotique. Ce qu'on y trouve, c'est moins des « nanas à poil » qu'une confiance à la fois physique et psychologique, une certaine qualité de relation humaine.

L'intimité est due à la quasi-nudité de la cliente, mais aussi à l'exiguïté de la cabine (de l'ordre de 6 m2) et au huis clos qu'elle instaure. La cliente se déshabille directement dans la cabine. Une fois qu'elle est en sous-vêtements ou qu'elle a revêtu le peignoir, elle devient une femme en attente de soins. Pour autant, l'appartenance sociale ne s'efface pas.

Car, toutes les esthéticiennes le disent, « on a de tout » : la *working girl*, l'étudiante sans le sou, la bourgeoise en fourrure, la bobo en jean-Converse, la mamie, la jeune de banlieue, la mère de famille avec ados, des chics, des vulgaires, des stars, des profs, une banquière, une commerçante, une directrice de centrale nucléaire, une journaliste, une chômeuse. L'esthéticienne à domicile que j'ai rencontrée, dans le Perche, se rend dans les villages environnants, chez des femmes au foyer, mais aussi auprès de clientes parisiennes qui passent le week-end dans leur maison de campagne. Les instituts sont fréquentés par des femmes célibataires, mariées, divorcées, veuves, hétérosexuelles, homosexuelles, athées, de culture chrétienne, juive, musulmane. Peu importe : la seule religion, dans un institut de beauté, c'est la religion du bien-être.

Le bien-être ne se réduit pas à la beauté, ni à la santé, ni à la jeunesse. Voici comment les esthéticiennes décrivent cet état complexe auquel il faut faire parvenir la cliente :

« Être bien dans son corps. »

« Reprendre conscience de son corps, réhabiter son corps, car les gens l'oublient trop. »

« Retrouver une certaine confiance en soi. On leur enlève leurs soucis. »

« Ressentir de la joie, de la confiance, de la chaleur. »

« Être épanouie. Quand je m'occupe d'une personne, quand elle se confie à moi, je suis fière, je me dis : "J'ai bien fait mon job." J'ai participé à ce qu'elle aille un peu mieux. »

Le bien-être peut donc se définir comme la satisfaction d'être telle que l'on est. Dans cette plénitude joue le fait d'avoir été écoutée, l'espace d'un instant. On entre dans l'au-delà du soin.

Les esthéticiennes soulignent unanimement la variété des conversations : les enfants, la famille, la maison, le travail, l'amant, mais aussi, en fonction des vicissitudes de la vie, le manque de désir au sein du couple, les violences d'un compagnon, le mari qui est parti avec une jeune, des fausses couches à répétition, un viol, des parents toxiques, le burn-out de l'hiver dernier, une maman âgée qui s'éteint, le cancer du sein qu'on vient de diagnostiquer. D'où ces appels à l'aide, en plein milieu d'un soin du visage :

« Sophia, qu'est-ce que je fais ? Est-ce que je dois partir tout de suite ? »

« Qu'est-ce que vous feriez à ma place, vous arrêteriez la chimio ? »

Heureusement, les questions sont souvent moins dramatiques : quelle crème acheter ? comment maigrir ? Les avis de l'esthéticienne n'en sont pas moins tranchés, maternellement autoritaires : « Il ne s'agit pas de prendre une cure et que je vous voie à la boulangerie en sortant de chez moi ! »

Pendant un massage, certaines clientes se mettent à pleurer, car elles sont touchées – touchées par l'attention qu'on leur accorde et, plus simplement, touchées par la main de quelqu'un. Il y a aussi des moments joyeux : s'occuper d'une cliente enceinte et, à la séance suivante, faire la connaissance de son bébé ; embellir une jeune femme complexée et, un an plus tard, écouter le récit de son mariage ; partager des souvenirs de voyage. Des rencontres qui vous transforment : une femme de 94 ans, un travesti algérien, un albinos (en Afrique, les albinos risquent d'être tués et dépecés).

Quand la cliente ne parle pas, Natalia lui pose des questions – « indiscrètes, peut-être, mais on ne me l'a jamais reproché. Je demande toujours, poliment : "Qu'est-ce que vous faites dans la vie ? Est-ce que vous aimez ce que vous faites ?" » Natalia aime aussi lancer des petites provocations. En général, les clientes demandent du vernis transparent, rosé, un rouge classique, ou une French manucure (une bande de blanc au bout de l'ongle, avec une base rosée ou beige). Natalia : « Encore du rouge ! Vous ne voulez pas une autre couleur ? Les beaux jours arrivent. » L'esthéticienne aide à être différente.

Naturellement, on parle aussi de la pluie et du beau temps, on échange des banalités, le temps d'épiler les sourcils. Les esthéticiennes débutantes ne savent pas toujours quoi répondre face au divorce et à la maladie. Alors elles se contentent d'écouter. Certaines esthéticiennes se confient, avec parcimonie. D'autres abordent les choses avec humour. Sophia, à une cliente qui a des problèmes de poids et qui songe à une épilation intégrale : « Vous êtes maso, vous allez vous suicider ! »

Il y a des clientes qui n'ont pas envie de parler, en tout cas pas à leur esthéticienne, mais il y a des femmes que cet éphémère rendez-vous arrache à la solitude. On ne leur a pas parlé depuis des semaines, elles ont le sentiment de ne plus compter pour personne, et cette mort sociale est une souffrance terrible. Daphné, 50 ans, employée depuis trente ans dans un institut-parfumerie en région Rhône-Alpes :

« J'ai une cliente au chômage, elle est au RSA. Elle vient tous les mois. Tous les mois, elle me donne 42 euros pour une épilation. Donc elle ne va pas manger, elle est aux Restos du cœur. Je lui dis : "Faites un mois sur deux." Elle me répond : "Non, je ne veux pas. Tant que je peux, je le fais, j'ai l'impression d'être une femme et d'exister. Je sais que je suis encore quelqu'un, quelqu'un d'important, je prends rendez-vous, le fait de venir dans une parfumerie, d'être vivante." Aujourd'hui, ma cliente au RSA, je lui ai mis un peu de rouge à lèvres, je lui ai remaquillé les yeux. Au lieu de rentrer chez elle à pied, elle a pris le bus. Ce jour-là, elle dit : "Je suis comme tout le monde, je me paie le bus." »

*

La clôture de la cabine, la quasi-nudité, les soins du corps et la situation d'abandon font naître une situation de proximité physique et d'intimité morale, où se dévoilent les secrets de la vie amoureuse, conjugale, maternelle, familiale, professionnelle – une autre mise à nu. C'est la supériorité de l'institut de beauté sur le salon de coiffure. Chez le coiffeur, il y a du monde tout autour et des miroirs partout ; dans la cabine de l'esthéticienne, on se sent comme protégée. Les clientes sont extraites de leur contexte marital et social. Elles sont là, allongées, hors du temps, avec quelqu'un qui se penche sur elles, et la parole se libère. La cliente au RSA dit aussi à Daphné : « Je préfère vous parler à vous, plutôt qu'à un psy. Au moins, en sortant de chez vous, je suis belle. »

La cabine de l'esthéticienne : le divan du pauvre ? Plutôt un lit d'apaisement, un lieu de dialogue et de réassurance, qui tient aussi du cabinet médical. S'y révèlent une surcharge pondérale, un grain de beauté suspect, une petite boule sous le bras. Le secret professionnel est de mise – témoin Olga, installée dans son petit village du Sud-Ouest, qui reçoit à la fois la femme et la maîtresse.

Les esthéticiennes ne sont ni dermatologues, ni infirmières, ni assistantes sociales, ni coaches, ni psychanalystes, et pourtant elles sont un peu tout cela à la fois. Aucune n'a reçu la formation adéquate, mais elles font comme elles peuvent, apprenant sur le tas, accumulant l'expérience, exerçant leur « oreille réconfortante » ou leur vocation d'« empath' ». L'esthéticienne sait épiler les jambes, mais elle est aussi capable de consoler une cliente, de la prendre dans ses bras, de lui faire oublier le quotidien. Une expression résume cette aptitude : « Faire un massage du cerveau. » La cliente ne repart pas seulement plus belle, mais plus assurée. C'est cela aussi, le bien-être.

De tels témoignages aident à dissiper le cliché de l'esthéticienne sans cervelle, blonde à forte poitrine avec rire automatique. Les femmes que j'ai rencontrées s'efforcent de lutter, avec les armes qu'elles se sont choisies, contre le stress, la honte, la solitude, le malheur, la dévalorisation de soi. L'esthéticienne est une professionnelle du corps qui crée du lien social.

4

Le plaisir de faire plaisir

Natalia a 20 ans. Après son bac en sciences médico-sociales, elle s'est inscrite en BTS esthétique-cosmétique dans une école privée à 6 900 euros l'année, payée avec l'héritage de sa grand-mère. Natalia travaillait en alternance dans un centre de bronzage, trois jours par semaine, de 18 heures à minuit. Elle touchait une partie de son salaire au noir. Son employeur l'obligeait à faire ses 35 heures en supplément des heures de cours, alors que celles-ci doivent être intégrées dans le comptage total des 35 heures. En tout, elle travaillait plus de 50 heures par semaine, pour le même salaire que ses camarades.

Épuisée, écœurée par la désinvolture de son école, Natalia a fini par abandonner son BTS, en ayant la présence d'esprit de passer son CAP en candidate libre. Aujourd'hui, elle travaille dans un institut de beauté de Belleville, à Paris.

Nous sommes, Natalia et moi, assis de part et d'autre d'une table de manucure. L'entretien se passe après sa journée de travail, il est environ 21 heures. À côté de mon ordinateur portable, près d'une serviette blanche soigneusement pliée, sont posés des flacons de vernis et un présentoir de coloris. À deux reprises, une collègue passe la tête par la porte et demande à Natalia si tout va bien, soulignant par son inquiétude l'incongruité de ma présence – un inconnu avec une femme seule à la nuit tombée.

Au collège, Natalia voulait être esthéticienne. Elle a fait son stage de troisième chez Body Minute. Comme ses professeurs, les employées lui disaient : « Tu es intelligente, tu lis des livres, fais autre chose ! » Aujourd'hui, dans une soirée ou à un dîner, il arrive que les gens lui demandent ce qu'elle fait dans la vie. Après un moment d'hésitation, elle répond. La plupart du temps, son métier n'intéresse personne et on change rapidement de sujet. Aussitôt, Natalia se sent obligée de parler avec des mots choisis, de participer activement à la conversation, pour montrer qu'elle est capable de parler d'autre chose que de vernis et de beauté des pieds. Parfois, elle essuie des moqueries : « Alors, t'as épilé des culs, t'as fait des pieds pourris ? » Son petit copain, qui l'encourage à développer sa créativité, lui reproche de trop parler du physique des gens.

Natalia répond qu'elle prend soin d'autrui, comme pourrait prendre soin de ses patients une infirmière. Une infirmière n'est pas dénigrée, alors qu'elle fait des lavements et des toilettes intimes. « C'est peut-être bête de poser du vernis, mais la cliente arrive avec des ongles moches, elle ressort avec des ongles beaux, qui ont une belle forme, une couleur, et elle est contente. Il y a des clientes un peu dépressives, qui sont complètement seules, qui ont perdu leur boulot et, quand elles sortent de l'institut, elles sont métamorphosées : le fait de pouvoir parler, le fait que quelqu'un se soit occupé d'elles. » Et Natalia conclut : « J'ai honte de dire aux gens que je suis esthéticienne, et j'ai honte d'avoir honte. »

*

Personne n'ignore que, même dans une société égalitaire, les métiers sont plus ou moins valorisés. Trader et femme de ménage, avocat et balayeur, chirurgien et esthéticienne : il y a des occupations jugées nobles et d'autres qui semblent basses et avilissantes. Ce constat peut désoler, mais il est somme toute banal. Plus intéressante est la manière dont les professionnels stigmatisés font face aux préjugés. Ainsi, un égoutier dira : « Ce n'est pas la merde qui est sale, ce sont les gens[1]. »

1. Cité par Agnès Jeanjean, « Travailler à la morgue ou dans les égouts », *Ethnologie française*, vol. 41, 2011, p. 59-66.

Mettons-nous à la place du convive méprisant évoqué par Natalia et essayons de deviner pourquoi il faudrait regarder les esthéticiennes de haut. Esthéticienne : un métier manuel, inepte, servile, gagne-petit, consacré à des choses corporelles. Une profession réduite à sa fonction technique : arracher des poils. L'équivalent de la caissière, sauf que, à la place des yaourts et des packs d'eau, l'esthéticienne s'occupe des aisselles et des points noirs. Prisonnière du féminin, vouée à la superficialité, privilégiant le « physique » plutôt que les choses de l'esprit, elle est associée à des figures-types : la ravissante potiche, la fille bébête qu'on a orientée à la fin du collège. Indépendamment de ses années d'études, le médecin tire son prestige du fait qu'il rétablit la santé et sauve de la mort. Le dermatologue soigne, alors que l'esthéticienne ne fait qu'embellir. Le premier est autorisé à traiter le derme ; pas la seconde, dont la zone d'intervention se limite à l'épiderme, c'est-à-dire – encore – la surface.

Mettons-nous maintenant à la place de Natalia. La « honte d'avoir honte » exprime le sentiment d'utilité sociale, l'orgueil de la compétence, le refus de l'invisibilité, mais aussi l'humiliation d'être si perméable aux préjugés, si sensible au mépris d'autrui. Certaines y résistent sur le mode « il n'y a pas de honte à… », tandis que d'autres en souffrent, voire admettent elles-mêmes les limites de leur métier. Quelques mois après notre entretien, Natalia a abandonné son travail d'esthéticienne pour s'inscrire dans une école de maquillage professionnel, grâce à laquelle elle pourra travailler dans le milieu du théâtre et du cinéma.

Le métier d'esthéticienne fait naître une espèce de dialectique : la honte doublée du refus de la honte. Le sentiment d'infériorité et la passion du métier. Le complexe et l'estime de soi. À mesure que la carrière avance, les choix s'affirment. Plusieurs esthéticiennes ont exprimé devant moi une fierté professionnelle et sociale qui tient à plusieurs facteurs :

Le savoir et l'expérience. Au terme de ses études, une esthéticienne doit connaître la composition des produits, les risques d'allergie, les phases de croissance du poil (anagène, catagène, télogène), les muscles faciaux, le fonctionnement des glandes sébacées, des mélanocytes, du follicule pileux, de la papille dermique. Comme le médical ennoblit, le scientifique sauve du corporel. En cabine, l'esthéticienne effectue des opérations complexes, où entrent les connaissances dermatologiques, l'exigence d'hygiène et le souci d'autrui. À ce savoir s'ajoute parfois une expérience acquise dans des secteurs voisins, parfumerie, cosmétique, luxe, commerce.

L'indépendance. Pour échapper au salariat, on peut « monter son affaire », « devenir freelance », « voler de ses propres ailes », l'important étant de devenir, enfin, « son propre patron ». L'esthéticienne est donc aussi une *businesswoman* : outre la comptabilité et la gestion des stocks, elle doit animer son équipe, concevoir la décoration de l'institut, acheter de nouvelles machines, faire des mailings, proposer des offres sur les soins ou les produits. L'ouverture d'un institut atteste que l'esthéticienne a le sens des affaires.

La philosophie de l'artisanat. Les femmes de 35 à 45 ans, celles qui ont décidé de faire carrière dans l'esthétique, se définissent volontiers comme des battantes. Dans les anecdotes qu'elles me racontent, tout prouve leur ténacité, leur courage, le sentiment de devoir mener un combat quotidien contre les difficultés en tous genres. Il y a aussi une tournure d'esprit que Lise, devenue esthéticienne en région parisienne après avoir travaillé auprès de grandes enseignes, résume bien : « On travaille, on ne se plaint pas. Dans les métiers du commerce, on n'est pas représentées au niveau syndical. Si on se plaint, on est virées. Et puis, c'est notre culture : on travaille, point. Il n'y a pas d'heures. À 18 heures, si on n'a fait que la demi-jambe, on ne va pas s'arrêter ! C'est pas La Poste, quoi. On est payées au SMIC, plus un pourcentage sur le chiffre d'affaires, donc on cravache. » La compétence du CAP, le goût de l'effort, le sens des responsabilités, la méfiance vis-à-vis de l'État et de sa « bureaucratie », le refus des jérémiades, la foi dans la libre entreprise, la résignation devant certaines maladies professionnelles composent ce que j'appellerais la « philosophie de l'artisanat ». Avant même de parler de cire au miel ou de cure minceur, il est important de replacer les métiers de l'esthétique dans cet univers, dont les traits sont socio-économiques autant que politiques.

Le plaisir de faire plaisir. L'esthéticienne est payée pour prendre soin d'autrui, lui faire du bien. Ce savoir-donner, complément du savoir-faire, est source de fierté. Donner du temps et de l'attention aux autres n'est pas si courant aujourd'hui.

5

Le sexe des autres

Qui nous voit nus, à part notre partenaire sexuel, le médecin, le gynécologue et, le cas échéant, des vacanciers sur une plage naturiste ? L'esthéticienne fait partie de ces rares élus. Cette relation est à la fois moins et plus que l'intimité : la nudité face à l'esthéticienne n'est investie d'aucun sens affectif, mais le corps est offert sous toutes ses coutures. On entre dans le domaine de la corporéité, voire de la génitalité.

De nombreuses clientes sont mal à l'aise, voire paniquées, au moment d'exposer leur corps. Certaines transpirent ou tremblent, d'autres sont crispées parce qu'elles appréhendent la douleur de l'épilation. La pudeur peut se manifester par des voies détournées : pour une épilation intégrale, une cliente demandera, faussement naïve, si elle doit enlever sa culotte. Une autre commencera par une épilation des sourcils, avant de revenir, un autre jour, pour une épilation intime. La timidité, la gêne, les éventuels complexes, l'esthéticienne doit les désamorcer en se montrant elle-même naturelle ou en jouant sur la solidarité féminine : « On est toutes pareilles. »

Toutefois, l'attitude de l'esthéticienne diffère selon l'âge de la cliente et le type de soin. Avec une adolescente, qui vient faire une épilation des jambes pour se mettre en jupe ou une épilation du maillot parce que les garçons se sont moqués d'elle à la piscine, l'esthéticienne peut se montrer rassurante ou détendre l'atmosphère avec connivence. Inversement, les gérantes d'institut n'aiment pas confier à leurs jeunes employées les clientes qui ont l'âge d'être leur mère ou leur grand-mère. Daphné, 50 ans, sent que les femmes de sa génération sont plus à l'aise avec elle : « Elles voient mon corps qui a changé. »

Bien qu'elles n'aient pas été préparées, pendant leurs études, à être si fréquemment en contact avec la génitalité d'autrui, les esthéticiennes se disent indifférentes ou, plutôt, habituées :

« Ça ne me gêne pas, c'est mon métier. »
« C'est naturel. »
« Un corps est un corps. »
« À force d'en voir… »
« Je ne regarde pas, je ne fais plus attention. »

Trois nuances doivent être apportées à ce discours du détachement. D'abord, dans une société où il est d'usage de garder ses distances physiques, il est nécessaire d'*apprendre la nudité d'autrui*. Une esthéticienne me raconte son premier maillot intégral :

« C'était à 16 ans, j'avais mon CAP, j'étais en première année de bac pro. On n'apprend pas l'intégrale à l'école, ça s'apprend sur le tas. J'ai dit à la patronne que je voulais tout faire. Le jour même, elle m'a donné un maillot intégral, exprès, une cliente qu'elle connaissait bien. J'étais très gênée, j'avais des bouffées de chaleur, c'était super difficile. On se dit "mince !", on découvre le corps d'une femme. On se sent seule au monde. La cliente n'était pas du tout douillette. Au contraire, elle a été très gentille avec moi. Elle m'a dit "Prends ton temps", et ça s'est très bien passé. »

Ensuite, quoi qu'elles en disent, les esthéticiennes *voient* les corps. Il y a des choses qui se remarquent et qui marquent : une cicatrice, un doigt qui manque, des bourrelets en cascade ou des maigreurs accusées (« masser des os, il n'y a rien de plus désagréable »). Certaines clientes, passées par la chirurgie esthétique, sont « refaites de partout » ou « complètement ratées ». Un sein n'a pas la même consistance s'il est naturel, augmenté d'une prothèse placée sous le muscle ou par-dessus le muscle.

Enfin, il y a une *politesse de la nudité*, à laquelle les esthéticiennes sont sensibles. Plusieurs se disent choquées par les jeunes clientes « complètement décomplexées » qui se déshabillent de la tête aux pieds pour une simple épilation des jambes. Jocelyne, vingt ans d'institut : « Même moi qui ai des années dans le métier, chez le médecin je mets une culotte Petit Bateau. Les gamines, elles sont toutes nues, jambes écartées, ça ne leur fait rien. »

Il n'est donc pas certain qu'on s'habitue complètement à travailler sur le sexe des autres.

*

Maillot : drôle de mot, qui veut dire le contraire de ce qu'il signifie. « Faire le maillot », c'est épiler le sexe. Au moins six prestations existent : simple, brésilien, échancré, ticket de métro (petite bande droite), semi-intégral (les lèvres sont épilées, pas le pubis), intégral (tout le sexe est épilé, y compris, si on le souhaite, le pli interfessier). Un maillot simple coûte 5 à 12 euros, une intégrale 20 à 30 euros.

Certaines clientes se font dessiner un petit cœur à la Saint-Valentin : elles peuvent alors « s'offrir », dans tous les sens du terme.

L'épilation du sexe, pratique qui pourrait sembler triviale, a une signification affective et sociale. Elle est liée à l'activité amoureuse de la cliente : « Le maillot qui rétrécit, c'est la vie sexuelle qui commence. » L'épilation intégrale n'est généralement demandée qu'à partir de 20 ans. On observe aussi un puissant effet de génération : la phobie du poil est plus fréquente chez les jeunes femmes (nées dans les années 1980 et 1990), alors que leurs aînées (quadragénaires et au-delà) demandent plus souvent un maillot classique ou échancré, sauf si leur mari a réclamé autre chose.

L'épilation intégrale serait donc « tendance ». Des dizaines de forums en débattent sur Internet, pesant avantages et inconvénients, défauts et vertus. Si le sens du commerce oblige les esthéticiennes à se plier aux demandes des clientes, elles n'en ont pas moins un avis sur la question. Contrairement à ce que l'on pourrait croire, la plupart sont réticentes à l'égard de l'intégrale, sinon hostiles. Elles estiment que le glabre rabaisse la femme et signe sa pornographisation, c'est-à-dire sa soumission aux fantasmes de l'homme. Les esthéticiennes de plus de 40 ans sont les plus sévères :

« Les jeunes, il ne faut plus un poil. C'est surtout leur copain qui ne veut plus de poils. Quand elles me demandent un maillot intégral, je leur pose la question : "Pourquoi je te fais ça ? – C'est mon copain qui veut." C'est pas de l'amour, c'est du cul ! À 16, 17 ans, elles se rasent si elles veulent, mais moi, en cabine, je ne fais pas de mineures. C'est de l'incitation à la débauche. » (*Daphné, 50 ans, esthéticienne en région Rhône-Alpes*)

« Je ne fais pas l'intégrale aux mineures. Une gamine de 14 ans devrait être dans ses bouquins plutôt que de penser à ça. Une fille de 18 ans m'a dit, dans une langue vulgaire : "Ils aiment bien quand on n'a rien, ça kiffe mieux", je ne pourrais pas vous répéter les mots. » (*Jocelyne, 52 ans, gérante d'institut en région parisienne*)

Quant aux esthéticiennes plus jeunes, elles invoquent l'hygiène : comme les cils, les poils pubiens protègent les zones fragiles. On n'a pas des poils par hasard… Ces arguments à la fois moraux et sanitaires n'empêchent pas les esthéticiennes de défendre l'épilation du maillot : « Que ça fasse propre, mais pas petite fille. »

En synthétisant les propos des clientes et ceux que les esthéticiennes tiennent elles-mêmes, on obtient le tableau suivant.

Jugements sur l'épilation intégrale au début du XXIe siècle

Pour	*Contre*
C'est plus hygiénique/ plus propre	Il y a des risques d'irritation et d'infection

Pour	*Contre*
C'est plus confortable	L'épilation est trop douloureuse
C'est plus doux au toucher	Ça repousse plus dru
C'est plus esthétique	Ça fait petite fille/ prostituée/actrice porno
J'ai davantage de sensations	Je perds en sensibilité
Mon mari/copain préfère	« On ne peut pas aimer un vagin si on n'aime pas les poils » (Eve Ensler, *Monologues du vagin*)

En fin de compte, ces débats révèlent trois conceptions de la féminité : une *féminité du désir*, définie par l'excitation que l'on est capable de provoquer chez les hommes ; une *féminité du bien-être*, qui consiste à prendre soin de son corps pour soi-même ; une *féminité de l'insouciance*, dans laquelle la question du poil n'a pas d'importance.

Ce n'est pas à moi de dire laquelle est la plus émancipatrice, véritablement féministe, mais les esthéticiennes ont choisi : c'est la deuxième. Son emblème est le maillot échancré, à mi-chemin de l'imberbe et du broussailleux.

6

Truies et déesses

> « L'autre jour, j'étais en cabine. J'avais une cliente, mais attends, une odeur, mais une odeur ! Entre la crevette pourrie, le parmesan rance, et puis un fumet de transpiration – tellement épais, tu vois, je pouvais le bouffer ! »
>
> *Vénus beauté (institut)*

Vous a-t-on déjà manqué de respect ?

C'est une question que j'ai systématiquement posée, comme celle de la pénibilité du travail : l'esthétique recèle une violence que l'on ne peut ignorer. Les réponses m'ont marqué. La plus profonde, à mon sens, est celle-ci :

« C'est la société qui nous manque de respect, comme à tous les travailleurs manuels. "Vous êtes un manuel, donc vous êtes un idiot". Moi, j'ai choisi d'être esthéticienne, j'ai fait de la compta avant. Mais, pour beaucoup, j'ai été orientée : "Tu seras esthéticienne, secrétaire." » (*Lise, 48 ans, esthéticienne en région parisienne*)

Le plus souvent, les esthéticiennes évoquent l'agressivité de certaines clientes, leur impolitesse, leurs exigences, leur condescendance. Celles qui ont travaillé dans les instituts de luxe et dans les palaces parisiens se souviennent avec dégoût de tel *people* affreusement snob, de telle princesse saoudienne servie par une armée de domestiques. On a alors le sentiment d'être un « larbin », un « chien », une « merde ».

À part cela, ce sont des esclandres à propos de retards. Des vols dans le pot des pourboires. Des clientes en grande conversation sur leur portable, qui vous jettent un ordre sans vous regarder. Mais les réponses les plus développées et les plus scandalisées concernent l'hygiène des clientes – un tabou, dans un monde qui valorise la beauté et la féminité.

L'odeur

« Des femmes qui ne se sont pas lavées depuis… Dans ces cas-là, on travaille en apnée ! »

« Certaines femmes en manteau de fourrure, quand elles sont nues sur la table, elles peuvent dire merci à leur parfum. »

La saleté

« Des personnes qui viennent après une journée de travail sans faire une toilette, sans se passer à l'eau, avec du papier toilette coincé partout. »

« Heureusement que je mets des gants ! Je leur dis : "Passez dans la cabine, vous avez des lingettes, vous vous nettoyez." »

« Elles me jettent "Je sors du lit" en pleine figure, donc elles se font épiler sans même avoir passé un gant de toilette. Elles n'ont pas honte. Une fois, une cliente est venue pour une beauté des pieds ; elle avait passé l'après-midi pieds nus dans son jardin. »

« Une personne qui venait d'avoir des rapports sexuels, le vagin écarté, des trucs blancs. Elle a fait sa petite affaire, elle n'a pas eu le temps de se nettoyer, du genre : "L'esthéticienne ne verra rien, c'est pas grave." »

L'excrémentiel

« Celle qui vous pète au nez : "Oh ! pardon, Caroline, j'ai mangé du chili." Mais ce n'était pas méchant, elle s'est excusée. »

« Au centre de bronzage, des gens font pipi dans les poubelles. En changeant la poubelle, on plonge la main dans le pipi. Les spécialistes de ça, c'est les filles ! On en a grillé trois. Eh bien, c'était des filles très propres sur elles, toutes bien coiffées et maquillées. Et c'était récurrent. »

« Un jour, je vais faire un soin des mains à une personne âgée, chez sa fille. Quand j'arrive, elle avait les ongles très sales, ça ne sentait pas bon. Je fais tremper, ensuite je fais le soin. À la fin, sa fille me dit : "Vous couperez les ongles bien court, car elle a des couches et elle a tendance à gratter dedans." »

Les règles

« Quand la cliente a ses règles, pour un maillot échancré, je ne le fais pas, à cause du manque d'hygiène. Ma spatule est trempée dans le pot, donc le pot va être sale. Du sang dans la cire, ce serait catastrophique ! »

« Se faire épiler le maillot quand on a ses règles, quel culot ! L'intégrale avec une serviette hygiénique, ça me fait bien rigoler. En fin de règles, avec un tampon, à la rigueur, mais une serviette, faut pas exagérer ! »

« Des femmes qui viennent avec un tampon plein de sang. "Madame, je suis désolée, je ne vous touche pas !" »

« Des femmes qui arrivent avec leur fin de règles, qui te laissent le cordon qui dépasse, la serviette aussi, sans aucun scrupule : "Ça vous dérange si je garde ma serviette ?" »

« Parfois, il y a le tampon, avec le cordon qui dépasse. Je leur dis : "Vous pouvez au moins rentrer le cordon ?" Elles s'en foutent, tu es là pour ça. »

*

Il n'est pas facile de qualifier ces attitudes. Mauvaise hygiène ? Absence d'éducation ? Indifférence vis-à-vis d'autrui ? Mépris social ? En tout cas, les esthéticiennes font la comparaison avec les professions médicales : ces mêmes femmes se laveraient les dents avant d'aller chez le dentiste, feraient une toilette intime avant d'aller chez le gynécologue. L'esthéticienne n'est pas ici ravalée au statut de domestique, mais à l'état de femme-machine, corps sale au service de corps sales, chose parmi d'autres choses. Paradoxalement, la cliente reste immaculée, car ses relents, ses excrétions, sa malpropreté se projettent sur celle qui les endure.

Cette souillure infligée fait voler en éclats les poncifs sur la prétendue solidarité de sexe, la condition de « la » femme. Lieu de confiance et de partage, le gynécée est aussi un lieu d'agression symbolique où des clientes – pas nécessairement riches – s'autorisent à humilier des employées, en les forçant à subir les émanations de leur corps.

Au moment où je rapporte ces anecdotes peu ragoûtantes, il me vient à l'esprit le visage radieux, merveilleusement jeune, fantastiquement éclatant de tous ces top-models qui s'affichent dans les publicités et sur les couvertures des magazines. Pourquoi les truies et les déesses m'apparaissent-elles en même temps ? Parce qu'elles constituent les deux extrêmes de l'univers esthétique. Les premières sont rares, mais elles existent, contrairement aux secondes, créatures photoshopées, icônes de perfection, princesses d'une contrée où personne n'est gros, ni poilu, ni flasque, ni voûté, ni cabossé, ni vieux. Elles n'ont pas une once de gras, mais pas une once de réalité non plus, alors que la cliente qui vient se faire épiler le sexe avec un tampon dit quelque chose de vrai sur les relations sociales aujourd'hui : l'inégalité de la relation marchande, l'hypocrisie de notre « société de services », la diversité des conditions féminines, les formes que peut prendre la violence symbolique.

Parce qu'elle est sale et grossière, la truie vient gâcher la féerie des déesses. Elle déchire le voile esthétique : non seulement le « décrottage humain » est la condition du glamour et du rêve, mais il n'y a pas de beauté sans corporéité.

7

Prendre soin des hommes

Qu'on se rassure : les hommes ne sont pas en reste. Avec eux, le manque de respect tourne autour du sexe – c'est leur marque de fabrique et leur monotonie. Il s'agit toujours d'une demande d'ordre sexuel, qui transforme l'esthéticienne en prostituée. « Vous faites les finitions ? » signifie en langage codé : « Me ferez-vous éjaculer ? »

Parfois, c'est le corps qui agresse directement, par un regard lubrique ou une tentative de caresse. Tel monsieur, couché sur le ventre pour un quelconque modelage, occupé à se frotter sur la table, ne peut se retourner parce qu'il a un « petit problème ». Dans ce cas, on le fusille du regard et on le laisse se rhabiller piteusement.

Ces comportements, ainsi que la crainte de se retrouver face à un obsédé sexuel, à un pervers, à un dragueur pathologique ou pathétique, incitent les esthéticiennes à établir une espèce de cordon sanitaire autour des clients hommes. Les précautions sont simples : n'accepter que les maris des clientes, ne pas laisser la jeune collègue faire le soin, refuser les épilations du maillot, avoir une intonation glaciale quand on renseigne sur les massages et, pour les esthéticiennes à domicile, renoncer à toute clientèle masculine. Une jeune esthéticienne installée à son compte, en zone rurale, a placé cet encadré au bas de ses dépliants tarifaires :

Les techniques de massage comportent une part de prophylaxie qui vise à décourager toute interprétation de nature sexuelle.

Éthique et déontologie

Mes massages n'ont aucune dérive sexuelle. Je m'octroie le droit de stopper ou de refuser tout massage, en cas de comportements irrespectueux ou relatifs à un état d'esprit mal placé. Cependant, ceux-ci devront être payés.

Je respecte chaque personne et suis tenue au secret professionnel.

« Avec les hommes, il faut que ça soit du tonique. ça ne doit pas être mou. On ne laisse pas le doute s'installer, on ne doit pas travailler avec nonchalance. Avec les hommes, c'est “bonjour”, je mets les gants, et on y va ! C'est carré, il n'y a pas d'ambiguïté. » (*Fiona, 44 ans, gérante d'institut à Paris*)

« Avec les hommes, il faut être différente, parce que si les gestes sont trop doux, ils peuvent être assimilés à une caresse. Avec un homme, je suis dans des gestes plus durs, je ne masse pas les hanches, les aines, les fesses, les endroits sensibles. Je m'arrête à l'adducteur. » (*Sophia, 23 ans, esthéticienne à Paris*)

L'esthéticienne s'adapte au masculin, non seulement quand elle manipule le corps, mais quand elle adresse la parole au client, censé avoir certaines attentes : laconisme, efficacité, dynamisme et, bien sûr, virilité.

« Je dis aux filles : "C'est notre positionnement qui fera comprendre à l'homme qu'il est avec une pro de l'esthétique, et non avec une pro des finitions." Avec les hommes, il faut être dans la technique : l'histologie de la peau, comment le produit est fabriqué. Ça montre nos compétences, on n'est pas que des perruches. Par exemple : "Ça va vous dynamiser, ça va tonifier votre cheveu." Il faut lui montrer qu'il a le pouvoir. C'est lui qui va agir sur le produit. L'homme n'est jamais possédé, pénétré par quoi que ce soit. C'est lui qui domine, qui gère, qui conduit. » (*Lise, 48 ans, esthéticienne en région parisienne*)

Il en résulte un jeu de genres très subtil : travailler « comme un homme », c'est-à-dire se montrer forte, énergique dans ses mouvements et assurée dans son savoir, mais se comporter « comme une femme », c'est-à-dire garder ses distances, refuser toute approche, tout contact ambigu, fuir toute discussion personnelle et toute familiarité. Comme le résume Jocelyne, « les hommes m'appellent "Madame" ; avec les femmes, c'est "Jocelyne" ».

Pour prendre soin d'un homme, une esthéticienne doit successivement assumer le rôle de l'homme et de la femme ou, plus exactement, dominer en tant que femme en faisant croire au client qu'il domine en tant qu'homme. La conclusion s'impose : un client a parfaitement le droit de venir dans un institut de beauté, mais il ne sera jamais admis dans le gynécée. Il sera épilé ou massé, mais il n'aura ni intimité, ni écoute, ni complicité. La froideur reste de mise, et cette méfiance explique paradoxalement la gentillesse dont font preuve la plupart des clients : ils sont polis, réservés, laissent des pourboires, etc.

Ces ajustements sont d'autant plus nécessaires que la clientèle masculine s'accroît : vieux messieurs élégants qui viennent pour un soin du visage ou une manucure, « métrosexuels » des grandes villes, séducteurs adeptes de la brumisation auto-bronzante, mâles velus que leur femme envoie se faire épiler le torse et le dos, cadres sup avec attaché-case, chefs d'entreprise stressés, bodybuilders, cyclistes, triathlètes et autres amateurs d'activités où l'on doit s'épiler. Un nombre croissant d'hommes s'épilent le corps (« *manscaping* »), ainsi que le sexe. Dans ce cas, comme me l'explique avec professionnalisme une esthéticienne exerçant près des Champs-Élysées, « tu mets la cire sur les coucouilles, faut pas arracher, sinon tout part avec. Le sexe, tu le tiens à la base, et tu tires ».

Mes interlocutrices ne mentionnent pas les gays. Quand je pose la question, elles répondent : « Pas spécialement. » L'une s'est même récriée : « Les soins homme, ça n'a rien à voir avec l'homosexualité ! » Les esthéticiennes adhèrent-elles à une vision du monde traditionnelle où les femmes se font belles pour les hommes et les hommes se font beaux pour les femmes ? Cela prouve au minimum que la clientèle masculine est variée, à défaut d'être importante.

Des gammes de produits ont été conçues spécialement pour les hommes, en fonction de leurs « qualités » supposées, puissance, endurance, maîtrise de soi, charme. La marque Sothys, partenaire d'instituts de beauté et de spas, a développé une gamme homme (rasage, anti-âge, soin des yeux, eau de toilette). Plus décalés, jeunes et urbains, les instituts Nickel proposent

un gel hydratant « Super speed »
un gel tenseur « Attention les yeux »
un gel raffermissant « Poignées d'amour »
un soin électrochoc « Lendemain de fête »

et, pour la fête des pères, certains instituts proposent une formule « deux produits achetés, une trousse offerte ». Quant au maquillage, il reste peu répandu.

Tous ces produits témoignent de la transformation de l'« idéal masculin » depuis la fin du XXe siècle : on peut être viril tout en prenant soin de son corps et de sa peau. Comme pour les femmes, trois modèles se dégagent : une *masculinité de la vulgarité*, représentée par l'obsédé sexuel ; une *masculinité du soin*, qui consiste à embellir son corps ; une *masculinité du négligé*, conforme au canon de l'homme-brute, indifférent à son apparence. Même si je ne fréquente pas les instituts de beauté, je crois que je relève plutôt de la deuxième catégorie. J'appartiendrais volontiers à la troisième si j'avais le sex-appeal d'un rugbyman.

8

Poésie cosmétique

Une esthéticienne qui a commencé à domicile avant de s'installer dans les beaux quartiers de Paris, spécialisée en beauté des pieds et prothésie ongulaire, m'explique avec franchise :

« On est la personne qui décrotte le corps humain. On nettoie la peau, le visage, les pieds. On est là pour soulager le corps, lui enlever sa saleté. C'est la base de notre métier, on doit l'accepter. Pour les gens, l'esthétique, c'est la beauté, et non le décrottage humain. »

Mais a-t-on vraiment besoin de connaître le détail des opérations qui nous procurent du plaisir ? La seule chose qui importe, c'est de se sentir bien – après qu'on les a subies. En d'autres termes, l'esthéticienne est celle qui fait disparaître le poil et transforme l'ongle rongé en un ovale d'un vermillon éclatant.

En poussant la porte d'un institut de beauté, on pénètre dans un monde qui fait rêver, qui sait faire rêver. Les parfums, les vernis, les rouges à lèvres, les grandes marques, Helena Rubinstein, Estée Lauder, Coco Chanel (trois génies du business cosmétique au XXe siècle), constituent le côté glamour de l'esthétique. Chaque marque s'attache de prestigieuses égéries. Certains produits sont très appréciés – me dit-on –, comme la crème « Pur Équilibre » de Guinot, le masque « Hydroptimale » de Sothys, la lotion « Action cuisses fuselées » d'Yves Rocher, qui coûtent chacun dans les 30 euros. J'ai plaisir à humer les cires parfumées à la rose, à l'aloe vera, au chocolat, au caramel.

Parce que le moindre magazine féminin regorge de « conseils beauté », les esthéticiennes doivent maintenir leur avance en lisant régulièrement la presse professionnelle, *Les Nouvelles Esthétiques*, et les sites spécialisés, comme *glamourparis.com* et *madmoizelle.com*. Un abonnement à des « coffrets beauté » (chez GlossyBox par exemple) permet de recevoir tous les mois les dernières nouveautés pour 15 euros. Cette veille est d'autant plus nécessaire que les clientes sont de plus en plus averties.

*

L'esthétique a ses écoles, ses instituts, son business, sa presse spécialisée, mais elle a aussi son vocabulaire. Ignorant les codes et les frontières, j'ai été corrigé plusieurs fois :

– on dit « institut », pas « salon » (réservé aux coiffeurs) ;

– on dit « modelage », pas « massage » (réservé aux kinés) ;

– on dit « beauté des pieds », non « pédicure » (réservé aux podologues).

Depuis le secteur du luxe jusqu'aux instituts de quartier, la cosmétique invente des formules qui n'appartiennent qu'à elle, utilise des verbes qui n'existent pas. Repulper, défatiguer, velouter, restructurer, sculpter le corps,

des slogans-programmes :	*des lieux enchanteurs :*
stratégie jeunesse	Fleur de beauté
révélation éclat	Peausitive
corps d'exception	Houppette et compagnie
action anti-âge ultime	Un instant pour soi
perfection lumière	Le doux se crée

des soins-promesses :

évasion sensorielle (gommage issu de la rencontre d'un fruit, d'une fleur et d'une couleur, 55 euros)

énergie vitale (soin du visage oxygénant et revitalisant, 54 euros)

solution énergie choc (soin du visage, 60 euros)
douceur magique (modelage élixir relaxant et réconfortant, 60 euros)
lisse suprême (soin antirides ultraprécis, 120 euros)

et certaines épithètes – intense, pur, éclatant, parfait, unique, mythique, ultime – donnent le sentiment de toucher à l'absolu.

On pourrait être révolté par cet art du mensonge, cette imposture pseudoscientifique et pseudomédicale, tout ce boniment qui excite la jalousie et pousse à dépenser son argent. En fait, le bobard cosmétique nous fait basculer dans la poésie, et c'est ce que j'aime finalement dans l'univers de l'esthétique. Ces mots qui ne veulent rien dire, qui sont de purs artifices marketing, c'est justement leur déliement par rapport au réel, leur non-sens, qui les rend si évocateurs. Ils abritent une provision de rêve et de magie

radiance
mousse volumisatrice
concentré de jeunesse
mystérieux repulpant facial
eau activatrice d'éclat
complexe lumière de diamant
effet détoxifiant en profondeur
élixir cosmétique avec extrait de météorite

une langue parlée par une ensorceleuse qui promet beauté, jeunesse, légèreté, élégance – le bonheur pour toujours.

Évidemment, tout cela sert à faire oublier le temps qui passe, la peau de plus en plus flasque, les rides qui s'incrustent, la brioche dont on n'arrive pas à se débarrasser, et c'est la mort que je sens derrière ces Grâces horriblement parfaites qui se figent dans l'extase, visage inondé de lumière, chevelure détachée, pour vous faire acheter une crème anti-âge ou un collagène.

*

Comme les publicités captent l'imaginaire du consommateur, les instituts s'efforcent de séduire la clientèle. Ici, ce ne sont pas les mots et les images qui opèrent, mais les ambiances. Il y a plusieurs univers esthétiques : l'oriental, avec thé à la menthe, cire au miel et rideaux en organdi ; le métallique, où les surfaces signifient le ferme et le lisse ; le mystérieux, où des petites LED, piquant l'obscurité, éclairent des fauteuils en cuir noir télécommandables ; le végétal, avec bonsaïs et parquet en bambou.

L'institut de Jocelyne, situé dans une ville cossue à l'ouest de Paris, cultive le séraphique : un énorme bouquet de fleurs blanches trônant sur le comptoir, une boule-fontaine au sommet de laquelle l'eau gazouille, des miroirs sur les portes des cabines, un carrelage en marbre, des statues représentant angelots et vierges n'osant entrer dans l'eau, des dessertes en rotin avec magazines, une musique d'ambiance sur trois notes qui se prolongent en un profond vibrato. Tout cela crée une espèce de halo qui vous enveloppe, vous absorbe, vous dulcifie, vous plonge dans un rêve amniotique.

La cabine de l'esthéticienne est conçue comme un cocon, à plus forte raison si elle est installée dans une parfumerie ou un salon de coiffure. Il faut que la cliente s'y sente chez elle, parfaitement à son aise. L'absence de fenêtre augmente l'intimité. Presque tout l'espace est occupé par la table de soins, recouverte par une protection en papier jetable.

La décoration de la cabine varie selon le style de l'institut. J'ai vu des lampions, des flacons de parfum, des morceaux de verre multicolores, une orchidée en pot, des murs pastel. La musique invite aussi à la relaxation, dans une bulle sonore qui fait oublier le stress du bureau, les bouchons, l'heure de pointe dans le RER, les opérations pas toujours agréables qui se profilent.

Sophia a composé à l'intention de ses clientes une *playlist* de musiques téléchargées sur Internet : Frank Sinatra, Sade, Norah Jones, Nat King Cole, Buena Vista Social Club, Portishead, du jazz. Elle évite tout ce qui tape, comme la techno. Elle embaume l'air au moyen de brûle-parfums qui dégagent des senteurs générales (pas de patchouli, pas de cannelle). Le parfum doit changer avec les saisons : en hiver, pomme, marron, noisette, et des couleurs gourmandes ; au printemps, lilas ou muguet ; monoï et noix de coco quand vient l'été.

Malgré leur caractère artificiel, ces cabines dégagent un certain charme. C'est le charme de la quiétude, du temps qu'on accepte de laisser filer, sans se croire obligé de faire quelque chose – à part profiter de ce temps qui passe. Le soin offre une pause dans un monde emporté par la rapidité, l'instantanéité, l'accélération perpétuelle. En ce sens, l'esthéticienne est bien peu « moderne ». Et cela fait du bien à beaucoup de clientes.

9

Les mondes de la « beauté ethnique »

Voilà ce qu'on pouvait lire en janvier 2014 dans *Les Nouvelles Esthétiques*, une des principales revues du secteur : « L'industrie de la beauté ethnique n'est pas récente, mais, il y a cinq ans, nous avons connu un véritable boom. [...] Les besoins émis par les différentes communautés ont enfin été entendus. »

Ces lignes mettent mal à l'aise : parler de « beauté ethnique » à propos de femmes originaires d'Afrique, du Maghreb, des Caraïbes, n'est-ce pas réveiller cette pseudo-anthropologie coloniale où chacun était défini par sa couleur de peau, avec des qualités et des défauts intrinsèques, ce monde de violence sexuelle où des photos de Mauresques à demi nues servaient à attiser les fantasmes des hommes ? À quoi renvoie le terme « ethnique », si ce n'est à l'altérité de personnes qui ne sont pas conformes à une « normalité » supposée, faite de blancheur, d'autochtonie et de francité ? Pourtant, à l'été 2014, on trouvait, dans un couloir du métro parisien, une publicité pour un institut de beauté « dédié aux peaux exotiques ». Trois photos portaient en légende : « Noires », « Métisses », « Orientales ». Il y a un racisme sous couvert d'esthétique.

Sommes-nous en train de vivre une terrible régression, ou ce vocabulaire est-il utile pour saisir les mutations à l'œuvre dans notre société ? *Beauté Black* est le titre d'un guide publié par Sonia Rolland et Sandrine Jeanne-Rose et destiné aux femmes dont la peau est « mate à foncée ». Il ne se résume pas à des conseils pour l'hydratation ou la protection contre le soleil. Derrière les soins du visage, la santé des cheveux, le maquillage, l'épilation, il y a un désir de reconnaissance et une revendication d'égalité. Il s'agit de se battre « pour que la beauté noire ait la place qu'elle mérite, au même titre que les autres beautés ». La conclusion sonne comme un mot d'ordre : « Soyez fières de vos racines. »

Et si l'esthétique avait une dimension politique ? Célébrer les « beautés », au pluriel, c'est refuser d'identifier la beauté aux canons de la féminité « internationale », c'est-à-dire occidentale, incarnée par quelques stars hollywoodiennes. Les marques, grandes et petites, se sont empressées d'accompagner ce mouvement de fond. L'Oréal, leader mondial du secteur, a animé en 2014 un « Beauty Lab » de géocosmétique consacré à l'Afrique subsaharienne. Le label Kanellia propose des produits de beauté pour « cheveux crépus, frisés et défrisés et peaux pigmentées », afin de « respecter toutes les natures ». Des *concept stores* comme Belle Ébène, Biolissime ou Mix Beauty proposent des produits de beauté et des soins ongles et cheveux pour les clientes de toutes origines.

Les boutiques spécialisées se multiplient. Dans le quartier de la gare d'une préfecture de Bretagne, je suis tombé sur une échoppe qui annonce, en vitrine, des produits exotiques et des cosmétiques afro-américains :

Pose de tresses, tissages, nattes
Perruques, tissages postiches
Kit défrisant, produits démêlants
Crème karité hydratante
Bijoux fantaisie

À Paris, au croisement du boulevard de Strasbourg et de la rue du Château d'eau, le « carrefour de la beauté africaine » rassemble environ 150 instituts et salons de coiffure. C'est le haut lieu de la sape et de l'élégance, fondé sur une économie à la fois souterraine et très structurée, où des gérants font travailler des rabatteurs sénégalais, des coiffeuses ivoiriennes et des manucures chinoises. Je m'y rends avec Jialing, une étudiante taïwanaise qui a bien voulu me servir d'interprète.

La première boutique où nous entrons donne une impression de luxe : vendeuses ultrachics, comptoirs en bois, marbre au sol, vitrines de postiches et de mèches à tisser, catalogues proposant de superbes motifs de henné pour mains et chevilles. Mais, au sous-sol, c'est une vaste pièce nue qui fait office de salon de coiffure. Dans un angle, un couloir mène à l'onglerie, un espace minuscule et miteux où une Chinoise et un Chinois, attablés derrière un petit comptoir, attendent les clientes. Sur leur établi, à côté d'une main de mannequin en plastique, traîne un présentoir de faux ongles numérotés. Au choix : violet, jaune vif, rose, arc-en-ciel, écossais, arlequin, léopard, étoilé, scintillant, drapeau américain, toile d'araignée.

Dans leur grande majorité, les instituts du quartier sont modestes : mobilier élimé, murs couverts d'affiches décolorées, multiprises pendant au mur, comptoirs de manucure où un ventilateur en plastique ronfle à côté d'un Tupperware contenant vernis, coupe-ongles, cotons et crèmes bon marché. L'odeur du solvant attaque la gorge. Les coiffeuses sont originaires d'Afrique de l'Ouest francophone, les manucures sont chinoises, la clientèle est afro-caribéenne. L'offre est large : coupe, défrisage, tissage, nattes, dread locks, French manucure, faux ongles, faux cils, sourcils et même lentilles de couleur.

Nous nous attablons à côté d'une manucure âgée de 45 à 50 ans. Au-dessus de sa tête, un écran de télé diffuse en boucle des clips de R'n'B. Pourquoi cette musique assourdissante ? « C'est le patron qui veut. » À la table voisine, sa collègue, une jeune fille obèse de 18 ou 20 ans, mange des gaufres en regardant une série télé sur son smartphone. On bavarde. Journée de travail : de 10 heures du matin jusqu'au dernier client, vers 22 heures ou 23 heures, six jours par semaine. Salaire : 1 500 euros quand les affaires marchent, 1 000 les mois creux, le tout en liquide. Pas de contrat, pas de fiche de paie. Chaque fille paie au gérant un loyer, dans les 100 euros. Le rabatteur trouve la cliente, l'amène dans la boutique, surveille, encaisse. La manucure possède un cahier où elle note ses prestations. Elle sait donc ce que le patron lui doit.

Jialing m'explique que les femmes qui font la manucure dans les salons afro sont originaires du nord de la Chine ou du Jiangxi, dans le Sud-Est. Au départ, elles travaillent comme domestiques chez des compatriotes aisés. Quand elles n'en peuvent plus de vivre cloîtrées et d'être sollicitées à toute heure du jour et de la nuit, elles optent pour l'onglerie, parfois la prostitution. Plus tard, elles pourront faire venir leurs enfants. L'onglerie n'offre pas beaucoup de perspectives, mais elle permet de gagner un peu d'argent et d'acquérir un vrai savoir-faire. Dans les années 1980, les manucures venaient plutôt du Vietnam et du Cambodge ; les Chinoises sont arrivées à partir des années 2000. Aujourd'hui, elles s'approvisionnent auprès des Vietnamiens qui tiennent le commerce de gros. Quelques patrons chinois commencent à avoir pignon sur rue.

Nous sommes rue du Château d'eau. Jialing a rendez-vous avec des militants de la CGT du Xe arrondissement, qui vont d'institut en institut pour distribuer des tracts aux salariées, « Sortir du travail au noir », traduit en mandarin et en anglais. Au printemps 2014, le quartier a connu deux grèves avec occupation des locaux, vers les numéros 50 du boulevard de Strasbourg. Après le surtravail de Noël, le gérant s'était volatilisé sans avoir payé les ouvrières. La CGT les a soutenues, en liant le problème du salaire à celui de la régularisation.

*

Le développement des cosmétiques et des salons afro correspond à une demande bien réelle : celle des clientes qui ne se reconnaissent pas dans telle publicité de shampooing où l'on voit une jeune femme à la peau claire peigner ses longs cheveux blonds. Là encore, l'esthétique aide à être soi, belle telle que l'on est, à faire comme au pays, à refuser la normativité qui est une violence invisible. Aux États-Unis, les opérations de blanchissement de la peau semblent en déclin. Le *Black Power* est passé par là.

Il n'en reste pas moins qu'on regroupe, sous l'appellation de « beauté ethnique », des phénomènes très différents : les stratégies marketing des multinationales, les conseils beauté des magazines en quête de nouvelles lectrices, la multiplication des instituts dans les quartiers pauvres des grandes villes, la prolétarisation des métiers de l'esthétique, le sort de la manucure qui s'abîme la santé dix heures par jour dans les vapeurs de solvants.

Genre et exploitation se rejoignent : ce sont des femmes qui coiffent, liment les ongles et les vernissent, sans contrat de travail ni protection légale. Ce sont ces mêmes femmes qui triment, se mobilisent pour être payées et obtenir des papiers. Une autre manière, pour les esthéticiennes, d'être des battantes.

10

La carrière de Jocelyne

Avril 2013. Jocelyne m'a donné rendez-vous dans son institut, une boutique-nuage que j'ai déjà décrite, pleine de lys et d'angelots, au bout d'une rue commerçante dans une ville chic à l'ouest de Paris. Des sérums, des crèmes anti-âge, des masques sont disposés sur les présentoirs, classés par thème : « Hydrater », « Entretenir-protéger », « Corps-évasion ». Des panonceaux annoncent des crédits beauté et des offres de -15 %.

Au moment où j'arrive, Jocelyne est en train de courir dans tous les sens, occupée à rechercher un papier dans un des placards.

Elle est stressée : elle attend un coup de fil de son avocat, car le propriétaire vient de tripler le loyer pour la chasser. Après vingt ans de métier, elle risque de devoir mettre la clé sous la porte. Il y a deux ans, elle a eu un problème de santé. Comme il lui était impossible de s'arrêter, elle travaillait sous morphine. Son chiffre d'affaires s'est écroulé. La chute a été telle que, même après sa guérison, Jocelyne n'a pas réussi à remonter la pente. Elle a 52 ans.

Nous faisons l'entretien dans une cabine de son institut, à l'étage, mon ordinateur sur la table de massage protégée par une serviette-éponge blanche.

*

J'ai un parcours atypique. Je n'aurais jamais pensé que j'aurais un jour un institut de beauté. J'ai passé un bac C pour faire médecine. Ma vocation, c'était d'être chirurgien cardiaque. Pendant mes études, j'ai été opérée deux fois à cœur ouvert ; d'où ma passion pour sauver les autres. À part ça, tout se passait à merveille, mais, pendant ma sixième année, le pire m'est tombé dessus : une endocardite bactérienne. Tout a été explosé, ça m'a coûté des années de vie.

Je n'ai pas repris médecine, c'était impossible. Mais j'avais besoin de donner, de m'occuper des autres. Qu'est-ce que je peux faire ? Je me suis renseignée sur la socio-esthétique. Ça s'est beaucoup développé, en cancérologie, en gérontologie. Je frappe à la porte de ce monsieur [un professeur de médecine] à Villejuif, j'ai essayé de le convaincre. J'y suis allée au culot, la cancéro me plaisait beaucoup.

Quand une patiente sort du bloc, elle n'est pas en état. Elle souffre, elle n'est pas bien. Le but, c'est de repositiver la situation. Une chose importante : rester le plus neutre et le plus naturel possible, ne jamais faire le travail si l'époux est présent. Elles ne veulent plus se regarder dans un miroir. Avec la chimio, une femme de 30 ans, on lui en donne 60. C'est terrible, elle marche courbée. On ne parle pas de la mort à 20 ans, ni à 30 ans, ça n'a pas de sens pour elles. À 40 ans, on peut commencer. Avec une hystérectomie totale, si elle n'a pas d'enfants, elle n'en aura jamais ; le conjoint s'en va, tout s'effondre, elle est dans un état pitoyable. Et il faut donner de la force à cette personne !

Le cancer, c'est la première maladie psychosomatique : un divorce, une tromperie, le deuil de l'époux, d'un enfant, et parfois tout cumulé. La femme trompée est touchée dans sa partie intime, l'utérus ou les seins, tout ce qui concerne le féminin.

Je crémais le corps, afin de procurer une sensation de bien-être par la main. Pour le massage, il y a des stades : d'abord les mains, avant d'arriver au visage. Je faisais des soins du corps, des manucures, des massages du visage ou du cuir chevelu, pour l'apaisement, pour leur faire ressentir de bonnes sensations. Il y a des nausées terribles : une crème ou un fond de teint, l'odeur peut être insupportable.

On donne toute son énergie, on fait le maximum. On avait des résultats extraordinaires.

Le seul souci, c'est que je restais une heure et demie, deux heures avec chaque patiente, donc je ne pouvais pas en faire beaucoup. J'ai aussi été reçue par des « sortez ! », j'ai été agressée.

Les soins palliatifs à Villejuif, ce sont des endroits très beaux, qui sont « faits pour » : de la sérénité, du calme, beaucoup de respect pour la patiente et sa famille. Elles restent une semaine, dix jours. Elles savent. Mon rôle, c'était de communiquer avec le regard, d'apaiser le corps par le toucher, de donner un moment de bonheur. Souvent, elles partent seules. La femme : « Je vous en supplie, qu'il vienne ! », et il ne vient pas. L'homme fuit, il a peur de voir souffrir ou peur de perdre l'être aimé. D'autres ont trouvé quelqu'un d'autre.

Les subventions ont été coupées, mon poste a été supprimé. J'ai fait du bénévolat.

Un jour, en 1993, je me promène par ici. Je vois marqué « À vendre », je décide de m'installer. C'est là que tout a commencé.

On démarre seule. Il faut se créer une clientèle. À l'institut, on a été jusqu'à quatre. Le sommet a été de 1998 à 2008. J'avais deux esthéticiennes et une apprentie. Mon but était de former les jeunes. Elles font leur CAP, moitié école, moitié vous. Je les formais, pour leur apprendre tout ça. J'avais le projet d'ouvrir deux instituts, « Aphrodite » et « Apollon », un pour les femmes, un pour les hommes.

J'ai appris le médical, maintenant je fais la suite du médical. On prend le temps de s'occuper. Des clientes finissent par éclater en sanglots : « Ça ne va plus du tout, on va divorcer. » Ensuite, elles s'excusent. Je leur dis : « Non, non, ne vous excusez pas ! » Le nombre de messages, de mails, de mercis que j'ai eus dans ma vie ! « J'ai tenu grâce à vous. » Des clientes ont sombré dans l'alcool. On ne juge pas, on conseille. Une dame que j'ai eue comme cliente, il y a deux ans, je l'ai vue sur le trottoir, j'ai eu du mal à la reconnaître. Elle était dans un état ! Elle sentait l'alcool, il faisait froid. Je me gare, je lui dis bonjour, elle ne me reconnaît pas. Je lui tiens le bras, elle se met à pleurer : « Mon père va mourir. » Je sentais qu'elle allait faire une bêtise : « Venez vous asseoir à l'institut. » Je lui offre un thé, pour qu'elle trouve de la force. Je lui ai parlé pendant une demi-heure. Elle m'a dit : « Si vous saviez ce que vous avez fait pour moi ! »

Ici, je connais des médecins, les médecins des urgences. Ils me racontent les femmes maltraitées, de milieu aisé. C'est la femme qui ne travaille pas qui subit les violences : « Si t'es pas contente, je me paie une maîtresse. » Le pire, c'est l'échangisme. Le mari l'amène dans un club, elle se fait passer dessus par plusieurs messieurs, une femme de 40 ans qui a élevé ses gosses. Elle ne travaille pas, donc elle est bloquée.

J'ai beaucoup de charges : 9 000 euros en tout, les produits, le bail. Vous vous rendez compte ? Vu la conjoncture, c'est infaisable. Mon chiffre a baissé de 50 %. Je travaille la boule au ventre. Il faut que je fasse ce chiffre pour m'en sortir. Je ne travaille plus dans le même état d'esprit, c'est totalement différent.

Mais je ne regrette rien. Je suis une intuitive, je sais qu'une page doit se tourner.

J'écoute, je ne parle jamais. Un jour – la journée avait été catastrophique –, une cliente me dit : « Tout vous sourit, Jocelyne. Quel est votre secret ? » Elles ne peuvent pas s'imaginer une seconde. Une femme qui vient se détendre, si je lui dis mes problèmes, vous vous rendez compte ? En aucun cas je ne peux en parler. Leur donner me fait du bien, c'est paradoxal. Le fait de les aider, ça m'aide. Je suis contente quand la cliente sort heureuse, souriante. Je me suis vu des moments très difficiles. Une fois, j'ai explosé en sanglots dans ma voiture, le soir. Je suis restée sans démarrer pendant une demi-heure.

*

Jocelyne n'a pu poursuivre son activité. En mars 2014, en réponse à un mail où je lui demandais de ses nouvelles, elle m'a écrit :

Je fais aller. J'ai eu des soucis de santé, mais maintenant ça va. Je passe souvent devant l'institut, mais j'ai enfin fait mon deuil.

En novembre, Jocelyne m'a envoyé un texto pour me faire part de l'ouverture de son nouvel institut.

11

La socio-esthétique

La socio-esthétique consiste à prodiguer des soins esthétiques à des populations physiquement ou socialement fragiles (personnes âgées, handicapées ou malades, toxicomanes, sans-abri, détenus). Après que Jocelyne m'eut fait découvrir cette spécialité, j'ai écrit au CODES, « Cours d'esthétique à option humanitaire et sociale », qui forme à la socio-esthétique. La structure m'a mis en contact avec Lise, 48 ans, mariée sans enfant, chargée de projet et de pédagogie.

Le CODES a été créé en 1978 par une esthéticienne, Renée Rousière, avec le soutien des médecins du Centre hospitalier et universitaire de Tours. Il accepte les esthéticiennes titulaires d'un diplôme d'État et ayant une expérience d'au moins deux ans. C'est la formation qu'ont suivie Jocelyne et Lise, comme des centaines d'autres esthéticiennes en France (et maintenant au Japon). Lise a bien connu Mme Rousière, dont elle est devenue proche au fil du temps : « C'était une dame âgée de 80 ans. Elle était toute petite, mais quelle grandeur ! Elle a imposé quelque chose au corps médical : c'est énorme, vous imaginez ça ? » C'est dans les années 1960-1970, en travaillant dans un établissement psychiatrique à Tours, puis à la maison d'arrêt de Fleury-Mérogis, que Mme Rousière a forgé sa philosophie.

Esthéticienne, Lise a travaillé plusieurs années dans des salons de coiffure de luxe, chez Jacques Dessange, Camille Albane et Jean-Claude Biguine. La répugnance pour la vente, le sentiment d'en avoir fini avec l'esthétique commerciale, l'impression de tourner à vide l'ont incitée à rechercher un engagement, un métier au service des plus démunis. « Comment aider les autres ? Je n'ai pas de pouvoir, pas d'argent. » À la suite d'un bilan de compétences, elle s'est souvenue de la socio-esthétique, dont elle avait entendu parler lors d'un Salon de l'esthétique. Elle a alors monté un dossier avec le FONGECIF, qui a accepté de lui payer la formation.

Depuis sa sortie du CODES, en 2006, Lise est intervenue auprès de plusieurs populations :

– des femmes victimes de violences conjugales. Ce sont des personnes en fuite : elles courent un danger physique et il faut les cacher. À l'entrée du centre d'hébergement, il y a des caméras de surveillance. Ces femmes ont été balafrées, déchirées. Il y a des zones du corps que l'on ne peut plus toucher. La plupart demandent une épilation. Lise s'attendait à un modelage, à quelque chose de caressant, nécessitant une main douce. Mais elles veulent une épilation, un soin qui fait mal, où l'on vous arrache quelque chose ; car leur corps est habitué aux violences.

– des SDF dans un centre d'hébergement d'urgence. Lise les retrouve dans la salle commune ; on coupe la télé et on fait une beauté des pieds. Les pieds dans une bassine d'eau tapissée de poudre bleue, ils ont l'impression d'être au bord de la mer. Lise part de l'esthétique pour se rapprocher du médical. Des hommes viennent lui parler timidement. Un monsieur qui boite : « Vous vous occupez des pieds ? » Sa voûte plantaire est fissurée par une large plaie qu'il n'a jamais montrée à personne. « Je ne peux pas marcher, j'ai mal ». Lise : « Je vais vous donner un coton. Est-ce que vous m'autorisez à en parler à l'équipe ? » Les pieds, c'est extrêmement sensible. Et cet homme marchait en silence avec cela, quel courage !

– des chômeurs dans un club emploi. Lise fait du conseil en image : comment préparer sa recherche d'emploi, comment s'habiller, parler, se présenter. Une manucure permet de mobiliser la main, d'améliorer la motricité. On pourrait croire que ce sont des détails, mais parfois, après un entretien, un employeur furieux rappelle la structure : « Vous ne pouvez pas m'envoyer quelqu'un de mieux habillé ? » Ces gens précaires, sans diplôme, malmenés, terrorisés, ont eu des histoires lourdes sur le plan personnel aussi bien que professionnel. Ils souhaitent reprendre une activité et doutent d'eux-mêmes : « Est-ce que j'en suis capable ? »

– des jeunes filles anorexiques dans une maison d'accueil. Elles sont perfusées, des puces de 35 kg. Elles font tout pour perdre du poids : bouger, aller et venir, remuer les jambes sur la chaise. Lise s'en occupe en groupe : le matin, maquillage ; l'après-midi, soins du corps, manucure, soins des pieds. Quand elles veulent se maquiller, Lise demande : « Est-ce que tes parents sont d'accord ? » Mais beaucoup rejettent tout maquillage. Elles ont peur que le gras entre en elles.

Lise s'insurge : « Dans une société où il faut tout avoir, où est la place du benêt ? Il a le droit d'exister, lui aussi ! L'idiot du village, il avait sa place. Avant, il y avait les gueules cassées, ils faisaient partie du quotidien.

Les gens abîmés, les handicapés, les vieux, aujourd'hui, on les cache. Il faut qu'on soit tous beaux. Où est la solidarité aujourd'hui ? Une dame dans un colloque disait : "Les personnes âgées, elles sont tellement autonomes qu'elles meurent toutes seules." »

*

C'est ainsi qu'une profession jugée stupide et futile vient en aide aux personnes qui souffrent. Il ne s'agit plus de bichonner des *beautiful people*, mais de prendre soin des clochards et des séropositifs, des corps maigres, abîmés, délabrés, purulents, sanguinolents, en lambeaux. Non pas papoter entre un thé et un magazine de mode, mais lutter contre l'isolement, le sentiment d'abandon, la déchéance physique et sociale. Manière de gagner ses lettres de noblesse, de revendiquer une utilité sociale ?

On dira : « La cruche a grand cœur. La blonde se reconvertit dans l'humanitaire. » Mais la socio-esthéticienne ne cherche pas à se substituer à l'infirmière, ni à l'assistante sociale. C'est *en tant qu'esthéticienne* qu'elle essaie de soulager une souffrance physique, psychologique ou sociale. Il est toujours question d'épilation, de manucure, de modelage ou de maquillage. Ces soins ont une dimension sociale, parce qu'ils sont prodigués gratuitement à des populations qui n'y ont pas habituellement accès. La socio-esthéticienne assure un aspect de la prise en charge au sein d'établissements médico-sociaux, hospitaliers ou carcéraux, sous le contrôle d'une équipe de personnels qualifiés. Dans un centre d'accueil pour jeunes filles anorexiques, les médecins disent ce qui est permis et ce qui ne l'est pas. En d'autres termes, l'esthéticienne reste à sa place.

Mais pourquoi laver les pieds d'un SDF, manucurer un handicapé, mettre du mascara à une détenue ? Ce n'est pas seulement parce que, même en situation de précarité, on a le droit aux petits plaisirs et au superflu. Cela permet surtout une réappropriation de l'individu par lui-même, dans un moment où la maladie, la vieillesse, la misère, la détention lui ont fait perdre, précisément, son individualité. Le contact physique comme une occasion d'échange et de parole. Le soin du corps comme un retour dans la société. L'esthétique comme une revalorisation. Réparer l'image qu'on a de soi.

Esthétique/social/paramédical, c'est un rapprochement que font souvent mes interlocutrices, par vocation ratée ou par souci d'ennoblir leur profession. Toutes les esthéticiennes ne veulent pas devenir socio-esthéticiennes, mais la socio-esthétique révèle une dimension latente dans les métiers de l'esthétique : s'occuper des autres. En anglais, *to care*. Au sens large, ce domaine professionnel inclut la petite enfance, le secteur médico-social, le soin aux personnes âgées ou handicapées. Ces métiers sont historiquement très féminisés et, avant qu'il y ait des « aides à domicile » et des « assistantes maternelles », la fonction maternante-soignante était dévolue dans les villages du XIXe siècle à la

« femme-qui-aide », l'aïeule qui accouche les bébés et prodigue les soins mortuaires.

On pourrait croire que l'esthéticienne perpétue ainsi la tradition ancillaire. Il n'est qu'à voir, dans les instituts de manucure, ces jeunes femmes agenouillées aux pieds de la cliente comme des esclaves orientales. À d'autres égards, l'esthéticienne est caractéristique de notre société de services et, pour l'INSEE, elle est un « personnel des services directs aux particuliers ». Mais ces dénominations négligent le fait que l'esthéticienne est quelqu'un qui a choisi de s'occuper des autres. Elle est une productrice de bien-être et de satisfaction, et c'est pourquoi elle relève du *care*.

Il y a deux économies du soin : un coût socialisé (une consultation de médecin, payée par la Sécurité sociale) et une consommation ordinaire (on paie son coiffeur et son esthéticienne comme on paie son boulanger). Grâce au premier système, le chômeur peut être soigné par un grand patron de médecine. Tous les métiers dont la rémunération provient du découplage entre consommateur et payeur offrent un bon niveau de vie, alors que la masse des coiffeurs et des esthéticiennes sont au SMIC. Il est vrai que la maladie est aléatoire : dès lors, tout le monde cotise et seuls quelques-uns reçoivent. La coiffure et l'esthétique, en revanche, correspondent à des besoins réguliers.

L'esthéticienne pourrait être considérée comme une restauratrice de bien-être physique, à l'image de l'infirmière, du dentiste, du médecin. La socio-esthétique, payée par des structures médicales ou associatives, nous indique une voie. Il y a une utilité sociale de l'esthétique, et certains soins seront peut-être un jour remboursés par la collectivité.

12

Être belle pour soi

Les esthéticiennes sont peu valorisées. L'héritage ancillaire, le trope féminin, le registre du corporel et de l'apparence, le travail manuel font peser sur toute la profession un soupçon de vacuité. On peut se souvenir que l'esthétique a toujours existé et que, dans toutes les civilisations, le soin du corps a donné lieu à une intense sociabilité : fards et parfums dans l'Égypte ancienne, khôl et henné dans les civilisations orientales, lait d'ânesse en usage chez les reines, épilation du front et des sourcils à la Renaissance, blanc de céruse sous l'Ancien Régime, thermes romains, sauna dans le monde juif ashkénaze, hammam en terre d'islam. Il n'empêche : les clichés sont plus forts. Ils éclipsent le témoignage des intéressées – quand on les sollicite.

Il y a un autre soupçon qui pèse sur l'esthétique : l'aliénation des femmes. La prison du « physique ». La folie de la minceur à tout prix. L'angoisse de la perfection. En fait, la question peut être abordée sous deux angles : celui de l'esthéticienne et celui de la cliente. Dans le premier cas, on rappellera que l'employée d'institut a un métier fatigant, peu reconnu, qu'elle est payée au SMIC toute sa vie et qu'elle est chargée de s'occuper du corps des autres, pour le meilleur et pour le pire.

Dans le second cas, on peut en effet s'inquiéter que l'esthétique soit l'instrument du machisme. Les clientes, contraintes par leur mari à l'épilation intégrale et accros à la crème anti-âge, seraient prêtes à tout pour paraître jeunes, belles, fraîches, toniques – quelques années encore –, offertes au désir de l'homme, conformément à l'image que donnent les magazines et la publicité. C'est la domination masculine qui constitue les femmes en objets, les plaçant « dans un état permanent d'insécurité corporelle ou, mieux, de dépendance symbolique. [...] Sans cesse sous le regard des autres, elles sont condamnées à éprouver constamment l'écart entre le corps réel, auquel elles sont enchaînées, et le corps idéal dont elles travaillent sans relâche à se rapprocher[1]. » L'esthétique, en inventant la « féminité », pousse les femmes à se soumettre aux désirs ambiants.

Y a-t-il aujourd'hui une tyrannie de la beauté ?

C'est une question que j'ai posée.

Voici un résumé des réponses qu'on m'a faites : « Oui, il y a une tyrannie de la beauté, mais nous la combattons. »

1. Pierre Bourdieu, *La Domination masculine*, Paris, Seuil, 2002, p. 94-95.

La peur de vieillir (*les rides*)

Plusieurs esthéticiennes m'ont parlé de la psychose que suscite, chez les clientes, l'apparition des premières rides. « Elles ont besoin d'avoir zéro ride. » « Elles disent : "C'est mon code-barres", ça désigne les rides péribuccales, entre le nez et la lèvre. » Le rôle de l'esthéticienne consiste alors à dédramatiser, à rassurer la cliente, à faire valoir qu'une ride peut être belle et émouvante. La cliente insiste – parfois, c'est une femme de 30 ans. Elle désigne fiévreusement un endroit sur son visage :

« Regardez, là, là !
– Vous avez une très belle peau.
– J'ai une ride d'expression.
– C'est normal. »

Autre dialogue. La cliente, bien décidée :

« Je vais faire des injections.

– Vous rigolez ? On va faire de la gym faciale. Au moins, ce n'est pas invasif.

– Je ne peux pas attendre, j'ai besoin de faire du Botox. »

Sans doute l'esthéticienne prêche-t-elle pour sa paroisse : gymnastique faciale en dix séances, stimulation du cytoplasme, ce qui permet de retirer à la cliente son « masque imaginaire ». Le lifting, pourquoi pas, mais le plus tard possible. Il y a là, sans doute, une concurrence voilée avec le corps médical : adeptes d'une beauté artisanale et « naturelle », les esthéticiennes se disent hostiles à la chirurgie esthétique. Elles n'ont pas le droit de traverser la membrane basale, dernière couche de l'épiderme. Après commence le derme – domaine de la chirurgie et du Botox.

La hantise du gras (*la cellulite*)

Une jeune esthéticienne parisienne, ancienne employée de chez Guinot : « Elles n'ont aucun kilo à perdre, mais elles veulent en perdre quand même. » Sophia me décrit les privations que les femmes s'imposent pour maigrir, encouragées par les publicités, les magazines, la télévision. De nombreux régimes, m'explique-t-elle, sont dangereux pour la santé et peu efficaces à moyen terme. Elle éprouve de la compassion pour ces « femmes qui se battent toute leur vie pour quelques kilos en trop » : elles s'empêchent de vivre, ne sortent plus, se désocialisent.

À partir du mois de mars, tout le monde veut perdre du poids. Quitte à ne pas vendre ses cures minceur, Sophia rappelle aux clientes que le plus important est de manger équilibré, d'avoir une alimentation saine, de pratiquer une activité physique.

La traque du poil (*l'*épilation *totale*)

Comme pour les rides naturelles et les kilos imaginaires, certaines clientes veulent se faire épiler les poils qu'elles n'ont pas. Les esthéticiennes sont effarées par l'intolérance pileuse des jeunes : des blondes qui veulent se faire épiler le duvet sur les avant-bras ; des filles qui reviennent toutes les trois semaines, alors que le poil n'a pas encore repoussé ; la frénésie de l'épilation intégrale, du pubis au pli interfessier en passant par les lèvres. Des clientes s'enferment dans un cercle vicieux : elles se font enlever une petite bande de duvet sous le nombril et, à la place, ce sont des poils qui repoussent, noirs et drus.

Avoir un « corps de rêve » (*seins et fesses*)

La standardisation du corps féminin se décompose en objectifs à atteindre : peau lisse, taille mince, ventre plat, seins volumineux, fesses fermes. Les sites de rencontre sur Internet portent l'angoisse à son comble, car on y est mis en concurrence, photos et mensurations à l'appui. Les esthéticiennes s'efforcent d'apaiser cette angoisse en exposant leur philosophie : bien-être, beauté intérieure, sentiment de sécurité affective.

Jocelyne : « Ce besoin d'attirer un homme avec un 110 de poitrine, des hanches en acier, un fessier de Brésilienne, ça rime à quoi ? Des clientes me disent : "Mon mari dit que j'ai pris 300 grammes." Il la pèse ou quoi ? Et même, où est le problème ? Je hurle. Je m'occupe des patientes avant une chirurgie esthétique et je les récupère après. Elles ont de nouveaux seins et de nouvelles fesses, mais le mari partira quand même. »

Personnaliser sa personne (*les piercings*)

On fait des piercings sur les sourcils, les narines, les tétons, le nombril, le clitoris. Comme les tatouages, ils permettent de se donner un style. Lise, la socio-esthéticienne formée au CODES : « Les piercings, c'est toujours dans les endroits érogènes, proches d'une muqueuse. C'est un rapport au corps qui porte une souffrance. »

*

Les esthéticiennes résistent donc au « plus-que-parfait », ce mode d'être auquel aspirent de nombreuses clientes. En tant que femmes, praticiennes, professionnelles du corps, spécialistes du soin, elles dénoncent la violence normative qui s'exerce sur les femmes. Mais elles l'entretiennent aussi, puisqu'elles sont là pour ça. Ambiguïté de la profession : les esthéticiennes dénoncent la tyrannie de la beauté, mais elles en vivent.

Il n'empêche que le discours qu'elles tiennent aux clientes a des accents féministes : refuser les exigences dégradantes du mari ou du petit copain, combattre la dictature du lisse et du svelte, ne pas se plier à notre société de l'impeccable et de l'immédiat, se rappeler que « toutes les femmes sont belles », sortir de la dépression qui consiste à se trouver toujours grosse, moche, vieille – imparfaite à tous points de vue. Le bien-être plutôt que la beauté, le plaisir plutôt que l'insatisfaction permanente, l'estime de soi plutôt que l'aliénation : c'est une esthétique émancipatrice qui se dessine.

À propos de perfection, les esthéticiennes se prennent non en exemple, mais en contre-exemple :

« Je dis aux clientes : "Moi, j'ai eu quatre enfants, j'ai une jambe pleine de varicosités, j'ai un appareil dentaire. On a toujours un truc qui ne va pas." » (*Fiona, 44 ans, gérante d'institut à Paris*)

Les clientes, je les mets à l'aise : « Ça fait trente ans que je vois des femmes en sous-vêtements. Je compte sur les doigts d'une seule main les fois où je me suis dit : "Celle-là, elle est bien gaulée." » J'avais une cliente, c'était une beauté. Récemment, elle a eu deux enfants. Je lui ai dit : « Ça y est, tu deviens comme nous. Tu as pris du bide, tu as pris du cul : bienvenue au club ! » (*Daphné, 50 ans, esthéticienne en région Rhône-Alpes*)

La valorisation de la cliente fait partie du service esthétique, mais il ne m'a jamais semblé qu'elle procédait d'un calcul intéressé. Les esthéticiennes rassurent une cliente complexée en la raisonnant ou en la complimentant sur une autre partie de son corps : jambes élancées, peau de jeune fille, profondeur du regard. La cabine est le contraire de ce qu'on l'accuse d'être : elle est un espace de détente et de connivence où l'on n'a pas peur d'être soi, où l'on ne craint plus ses « défauts », où l'on apprend à s'affranchir du regard d'autrui comme de la convoitise des hommes. La cliente renonce à la perfection que d'autres lui faisaient miroiter ; plus exactement, elle apprivoise sa non-perfection. Pour certaines, cette acceptation est libératrice.

Dans les villes comme à la campagne, une grande partie de la clientèle est composée de jeunes mamans et de mères de famille qui cumulent plusieurs journées de travail : le bureau, les enfants, les tâches domestiques. Les trois quarts d'heure que dure une épilation ou un soin du visage représentent un instant à soi, un moment de pur plaisir personnel. En ce sens, l'esthéticienne s'occupe de celles qui s'occupent des autres.

De même qu'on peut revendiquer un « droit à la jupe » dans les espaces patriarcaux – entreprise, cité de banlieue, Parlement – où les hommes se permettent de commenter le « physique » des femmes, de même on peut imaginer une esthétique qui libère des oppressions contemporaines. Au-delà du progrès que constitue la socio-esthétique, il y a bel et bien une utilité sociale de l'esthétique : demander à quelqu'un de travailler à son apparence et à son confort, non parce qu'une femme se doit d'être soignée, jolie et agréable en tout temps, mais parce que l'esthétique (féminine comme masculine) est un droit de la personne. L'esthétique n'est pas un domaine « naturellement » féminin, mais un lieu d'affirmation de la dignité humaine, un espace où l'on produit du bien-être, du lien social et de l'existence.

*

Ces derniers temps, des amis m'ont demandé pourquoi je m'intéressais aux métiers de l'esthétique. Ne suis-je pas plutôt habité par la Shoah ? Comment ai-je pu passer d'un sujet « grave » à un sujet aussi « léger » ?

Ma réponse tient en un rappel historique : dans le ghetto de Wilno, pendant la Seconde Guerre mondiale, les nazis avaient interdit aux femmes juives de mettre du rouge à lèvres et de se teindre les cheveux.

Quelques années plus tard, en 1945, alors qu'ils devaient faire revivre les déportés tout juste libérés des camps, les médecins alliés manquaient dramatiquement de nourriture, de médicaments, d'équipements. Autour d'eux, des centaines de personnes mouraient tous les jours. Un matin, en avril, arrive une mystérieuse cargaison de rouge à lèvres. On procède à la distribution. Le commandant d'une unité d'ambulance britannique se souvient :

« Les femmes étaient sur leur lit, sans draps ni chemise de nuit, mais avec des lèvres écarlates. Vous pouviez les voir errer sans rien d'autre qu'une couverture sur les épaules, mais avec des lèvres écarlates. Enfin quelqu'un avait fait quelque chose pour qu'elles soient à nouveau des individus. Elles étaient redevenues quelqu'un, et non plus seulement un chiffre tatoué sur le bras. Enfin elles pouvaient s'intéresser à leur apparence. Ce rouge à lèvres a commencé à leur rendre leur humanité[1]. »

Les totalitarismes du XXe siècle ont cherché à détruire non seulement des millions de vies, mais la dignité humaine. Indirectement, ils nous rappellent que l'esthétique est un humanisme.

1. Cité par Ben Shepherd, *After Daybreak*, New York, Schocken Books, 2005, p. 133.

Annexes

Les techniques de beauté

Contrairement à ce que l'on croit souvent, les esthéticiennes font beaucoup de choses : épilations, soins du corps et du visage, gommages, modelages, manucures, maquillage. C'est sans doute parce que leur métier paraît facile qu'elles insistent toutes sur sa grande technicité.

L'épilation

C'est le gros du métier. L'esthéticienne applique la cire dans le sens du poil et la retire dans le sens inverse ; tout de suite, elle pose sa main sur la peau pour apaiser. Plus la cire est chaude, plus elle est liquide. Avant de l'étaler, l'esthéticienne effectue un test de chaleur sur elle-même (dans l'intérieur du poignet) pour éviter de brûler la cliente. Quand elle retire la couche de cire refroidie, elle doit faire attention à tenir les tissus musculaires. Il faut aussi être rapide, avoir un bon « déroulé de poignet », sans quoi on fait mal à la cliente.

La spatule avec laquelle on applique la cire est toujours jetable, à cause du sang qui peut s'y déposer. Quand on épile les aisselles ou le maillot d'une brune, le poil est tellement dru que ça saigne. L'esthéticienne utilise alors un mouchoir, qu'elle applique immédiatement sur la peau pour absorber le sang, mais aussi pour se protéger. On ne peut jamais savoir si la cliente est porteuse du VIH ou de l'hépatite.

De plus en plus, les instituts ont recours au « roll-on », une espèce de gros combiné en plastique qui dépose une fine pellicule de cire sur la jambe. Une bande de papier souple, non tissé, permet de retirer la cire par adhérence. Sur les parties les plus sensibles (lèvres, aisselles, sexe), on continue de travailler à la spatule.

Pour simplifier, on peut dire que la cire traditionnelle assure un travail de qualité, tandis que le roll-on permet une épilation rapide et bon marché.

Un pot de cire traditionnelle coûte dans les 5 euros hors taxes ; le prix d'une cartouche de roll-on peut descendre jusqu'à 45 centimes. Le contact du roll-on, moins chaud que la cire liquide, est plus agréable pour la cliente. Au contraire, certaines esthéticiennes ne travaillent qu'à la spatule, au motif que c'est plus performant et plus naturel. Une épilation de base – maillot simple, demi-jambes, aisselles – dure entre vingt minutes et trois quarts d'heure, en fonction de la pilosité, et coûte dans les 40 euros.

Comme les chauffe-cire et les bases de roll-on dégagent de la chaleur, il est nécessaire de climatiser ou, du moins, de ventiler la cabine. En effet, s'il fait trop chaud, la cliente transpire et la cire ne sèche pas. Mais, la cliente étant en sous-vêtements, il ne doit pas non plus faire trop froid. La température doit donc être compatible avec la nudité. De nombreuses esthéticiennes sont elles-mêmes en T-shirt toute l'année.

Celles qui travaillent à domicile transportent avec elles tout leur matériel : table pliante, cire, spatules, roll-on, bandes de papier. Elles font chauffer la cire dans la voiture, pendant le trajet, à l'aide d'une chauffeuse qui se branche sur l'allume-cigare.

Commentaires :

« J'ai évidemment progressé par rapport au CAP, en rapidité et en dextérité. Pour faire une jambe entière, aisselle et maillot, je mettais une heure, une heure et demie. Maintenant, je mets trois quarts d'heure. »

« On m'appelait la "moissonneuse-batteuse", je faisais ça à la chaîne, vite et bien. Quand on a la main, bam bam bam ! À l'approche de l'été, il fallait carburer. »

En règle générale, on s'épile tous les mois. Si elle est lasse de cette contrainte, la cliente a la possibilité de recourir à l'épilation dite « définitive » (ou, plus sobrement, « effective »), censée lui garantir la tranquillité pendant plusieurs années. Cette épilation se fait à la lumière pulsée, qui atrophie les poils et ralentit la pousse. Le traitement dure de six à dix séances, espacées de quelques semaines, et coûte entre 300 et 1 500 euros, selon les forfaits et les zones à épiler.
D'après certaines esthéticiennes, il s'agit d'une opération avantageuse : chère à l'achat, mais

économique sur le long terme. Pour d'autres, il s'agit ni plus ni moins d'une arnaque, qui plus est dangereuse, les appareils étant trop puissants ou mal réglés. Seul un dermatologue est habilité à pratiquer une épilation véritablement définitive. Effectuée au laser, elle détruit alors le bulbe du poil.

Le massage

Il en existe des dizaines, parmi lesquels le californien, l'hawaïen, l'ayurvédique, la réflexologie plantaire, le *shiatsu*, les pierres chaudes. On les apprend seulement en BTS, mais on peut prendre une option « massage » dès le CAP (pour environ 1 500 euros dans les écoles privées). Il y a beaucoup de gestes à apprendre. Le lâcher-prise de la cliente est l'objectif à atteindre ; la masseuse, au contraire, doit rester très concentrée.
Voici deux prestations visant la perte de poids :
– le « palper-rouler » a pour but de casser les masses graisseuses, les adipocytes. Ce massage tonique, à la fois très demandé et douloureux, est encore plus éprouvant pour celle qui l'effectue. Impossible d'en enchaîner plus de six dans la journée.

– le « techni-spa » est un appareil muni d'une petite poignée, avec lequel on masse la cliente. Le gel qu'on applique sur le corps pénètre en profondeur et transforme les graisses en toxines, que la cliente doit ensuite éliminer en buvant et en faisant de l'exercice.

Commentaires :

« Je dis à mes apprenties : "On ne ressent rien dans votre massage ! Il faut aimer donner. Quelque part, c'est un don de soi. Un massage, si c'est bien fait, en dix minutes la cliente s'endort." »
« Dans le massage, il faut donner son énergie. Je suis très réceptive, je suis une éponge. Le négatif, je le prends, j'absorbe le mauvais, toute la névrose, la fatigue, l'anxiété des gens, et je donne le *boost*, l'énergie, la bonne humeur. »

Le soin du visage

Il s'agit d'un nettoyage complet de la peau. On commence par un démaquillage, suivi d'un

gommage à petits ou à gros grains qu'on fait avec des mouvements circulaires ; puis on rince avec une éponge et on passe une petite lotion pour enlever le surplus. Ensuite, la vapeur du Vapozone dilate les pores et permet d'extraire les comédons. Enfin, on applique une crème hydrante ou une lotion rafraîchissante, et on termine par un petit massage des épaules, du décolleté et du cou. Le tout en une heure, une heure et quart.
Certains instituts ont recours à une machine qui, à l'aide d'une sonde, analyse la peau de la cliente, calcule son taux d'hydratation et la profondeur de ses rides. Ensuite, l'ordinateur lui concocte une crème adaptée : trois pipettes du sérum hydratant n° 1, une pipette du sérum régénérant n° 2, etc. Grâce à la machine, les résultats sont individuels, mesurables et tangibles. Avant : « Votre peau est déshydratée à 20 % ». Après : « Votre peau est réhydratée à 60 % ». Il s'agit d'un soin « à la rencontre de la science de pointe et de la haute technologie », selon les mots du constructeur.

Le maquillage

Une esthéticienne peut proposer un maquillage de jour, de soirée ou d'événement, par exemple à l'occasion d'un mariage. Elle peut aussi donner des cours d'automaquillage dans le cadre d'un « conseil en image personnelle ». Enfin, avec une technique spécifique, elle peut réaliser un maquillage permanent, qui est demandé plutôt à partir de 40 ans.

Commentaire :

« On appelle ça le maquillage "permanent", eye-liner, rouge à lèvres, sourcils. Mais tout ça, c'est du pipeautage. Le maquillage permanent, c'est du tatouage, ni plus ni moins. »

La manucure

L'esthéticienne lave les mains de la cliente, passe une lingette antiseptique, lime les ongles, fait tremper les mains dans une crème émolliente et chauffante, après quoi elle pousse les cuticules avec un « pied-de-biche », applique une huile nourrissante et modèle la main avec une crème. Elle peut parfaire le soin avec une pose de masque ou un gant de paraffine. Enfin, elle applique un vernis avec une base traitante.

Une autre possibilité consiste à se faire poser de faux ongles. On applique un gel sur le vrai ongle et, tout en le séchant, on y colle un ovale en plastique orné de fleurs, piqueté de diamants ou vernissé de rouge. Les faux ongles rencontrent un succès croissant, notamment auprès des jeunes filles. Une esthéticienne de 50 ans m'a avoué qu'elle n'avait pas été formée à cela, non plus qu'à l'extension des cils, et qu'elle devait demander conseil à sa « petite collègue » de 20 ans. Si l'on en abuse, la kératine (la protéine qui forme l'ongle) risque de s'abîmer. Il y a toute une sociabilité du soin ongulaire : il y a des « bars à ongles » comme il y a des bars à vins. On vient entre copines pour une pose de vernis en dix minutes (5 à 8 euros) ou pour une French manucure (15 à 22 euros). Le « nail art bi-matière » consiste à associer plusieurs couleurs, motifs ou textures, en utilisant par exemple un *top coat* brillant et un autre plus mat.

L'économie de la beauté (chiffres 2009-2011)

On compte en France plus de 70 000 esthéticiennes et 12 000 apprenties.

Il existe 40 000 entreprises de soins de beauté, instituts de beauté et espaces de soins corporels.

Parmi ces entreprises, 31 500 ne comptent aucun salarié (79 %). La très grande majorité des entreprises qui emploient des salariés en comptent moins de 4.

Le chiffre d'affaires de la profession s'élève à 1,5 milliard d'euros. Les instituts génèrent 95 % de ce chiffre, le reste étant assuré par les écoles d'esthétique.

Les soins aux clients de sexe féminin constituent 94 % du chiffre d'affaires. Chaque client dépense en moyenne 41 euros.

Les postes plus importants sont l'épilation (22 %), la vente de produits (19 %) et les soins du visage (15 %).
L'âge moyen des chefs d'entreprise (salariés ou non) est de 42 ans. L'âge moyen des salariés est de 27 ans. Le taux de féminisation oscille entre 90 et 98 %.

La plupart des salariés sont rémunérés entre 16 000 et 21 000 euros bruts par an. 64 % des salariés sont employés en CDI.

Le secteur crée 3 000 à 5 000 emplois chaque année. Selon une étude, 84 % des jeunes sortis de l'école trouvent un emploi dans les six mois ; 12 % poursuivent leurs études.

La convention collective de l'esthétique-cosmétique, signée le 24 juin 2011, a remplacé celle de 1978.

Références

Auzépy, Marie-France et Cornette, Joël (sous la direction de), *Histoire du poil*, Paris, Belin, 2011.

Azoulay, Élisabeth (sous la direction de), *100 000 ans de beauté*, Paris, Gallimard, 2009.

Chuang, Ya-Han, « Sortir de l'ombre. La grève des manucures chinoises à Château d'eau », *Terrains de luttes*, consultable à l'adresse *http://terrainsdeluttes.ouvaton.org/?p=3242*

Da Silva, Jean, *Du velu au lisse. Histoire et esthétique de l'épilation intime*, Paris, Complexe, 2009.

Froidevaux-Metterie, Camille, « La beauté féminine, un projet de coïncidence à soi », *Le Philosophoire*, n° 38, 2012.

Goffman, Erving, « La ritualisation de la féminité », *Actes de la recherche en sciences sociales*, vol. 14, avril 1977, p. 34-50.

Granger, Christophe, *Les Corps d'été, XXe siècle. Naissance d'une variation saisonnière*, Paris, Autrement, 2009.

Marshall, Tonie, *Vénus beauté (institut)*, film, 105 min., Agat Films, Arte France Cinéma, 1999.

Messu, Michel, *Un ethnologue chez le coiffeur*, Paris, Fayard, 2013.

Ossman, Susan, *Three Faces of Beauty : Casablanca, Paris, Cairo*, Durham, Duke University Press, 2002.

Pattieu, Sylvain (avec la participation de Ya-Han Chuang), *Beauté parade*, Paris, Plein Jour, 2015.

Rolland, Sonia et Jeanne-Rose, Sandrine, *Beauté Black. Le guide pratique de la beauté noire*, Paris, Éditions du Rocher, 2011.

Rose, Stéphane, *Défense du poil. Contre la dictature de l'épilation intime*, Paris, La Musardine, 2010.

Verdier, Yvonne, *Façons de dire, façons de faire. La laveuse, la couturière, la cuisinière*, Paris, Gallimard, 1979.

Vigarello, Georges, *Histoire de la beauté. Le corps et l'art d'embellir, de la Renaissance à nos jours*, Paris, Seuil, 2004.

Vigarello, Georges, *Les Métamorphoses du gras. Une histoire de l'obésité*, Paris, Seuil, 2010.
« De nouveaux hommes ? », *Observatoire Nivea*, n° 9, avril 2009.
Le site du CODES : http://www.socio-esthetique.fr/

Table

Celle qui rend belle 7
La vie de Sophia 15
Entre psy et coach 31
Le plaisir de faire plaisir 43
Le sexe des autres 53
Truies et déesses 63
Prendre soin des hommes 71
Poésie cosmétique 79
Les mondes
de la « beauté ethnique » 89
La carrière de Jocelyne 99

La socio-esthétique.................................. 109
Être belle pour soi.................................. 119

Annexes 133
Références.. 145

Du même auteur

Les Vérités inavouables de Jean Genet
Seuil, « XXe siècle », 2004
et « Points Histoire », n° 499, 2014

Ni père ni mère
Histoire des enfants
de l'Assistance publique (1874-1939)
Seuil, « XXe siècle », 2006

Enfants en exil
Transfert de pupilles réunionnais en métropole
(1963-1982)
Seuil, « L'Univers historique », 2007

Les Enfants de la République
L'Intégration des jeunes
de 1789 à nos jours
Seuil, « L'Univers historique », 2010
Rééd. sous le titre
L'Intégration des jeunes
Un modèle républicain (XVIIIe-XXIe siècle)
« Points Histoire », n° 474, 2013

Histoire des grands-parents
que je n'ai pas eus
Une enquête
Seuil, « La Librairie du XXIe siècle », 2012
Prix du Sénat du livre d'histoire,
Prix Guizot de l'Académie française
et « Points Histoire », n° 483, 2013

Nouvelles perspectives sur la Shoah
(avec Annette Wieviorka)
PUF, « La Vie des idées », 2013

Le Monde au XXIIe siècle.
Utopies pour après-demain
(en codirection avec Nicolas Delalande)
PUF, 2014

L'Enfant-Shoah
(dir.)
PUF, 2014

L'Histoire est une littérature contemporaine
Manifeste pour les sciences sociales
Seuil, « La Librairie du XXIe siècle », 2014
« Points Histoire », n° 533, 2017

Laëtitia
Ou la fin des hommes
Seuil, « La Librairie du XXIe siècle », 2016
Prix Médicis, Prix littéraire Le Monde
« Points », n° 4639, 2020

En camping-car
Seuil, « La Librairie du XXIe siècle », 2018
Prix Essai France Télévisions
« Points », n° 5006, 2019

Âme sœur
(roman)
« Points », n° 4821, 2018

Des hommes justes
Du patriarcat aux nouvelles masculinités
Seuil, 2019

RÉALISATION : NORD COMPO
IMPRESSION : CPI FRANCE
DÉPÔT LÉGAL : OCTOBRE 2020. N° 135679 (3039635)
IMPRIMÉ EN FRANCE

Éditions Points

Collection Points Essais

DERNIERS TITRES PARUS

706. Le Conflit des interprétations, *par Paul Ricœur*
707. La Société des égaux, *par Pierre Rosanvallon*
708. Après la crise, *par Alain Touraine*
707. La Société des égaux, *par Pierre Rosanvallon*
708. Après la crise, *par Alain Touraine*
709. Zeugma, *par Marc-Alain Ouaknin*
710. L'Orientalisme, *par Edward W. Said*
711. Un sage est sans idée, *par François Jullien*
712. Fragments de vie, *par Germaine Tillion*
713. Le Délire et les Rêves dans la Gradiva de W. Jensen *par Sigmund Freud*
714. La Montée des incertitudes, *par Robert Castel*
715. L'Art d'être heureux, *par Arthur Schopenhauer*
716. Une histoire de l'anthropologie, *par Robert Deliège*
717. L'Interprétation du rêve, *par Sigmund Freud*
718. D'un retournement l'autre, *par Frédéric Lordon*
719. Lost in management, *par François Dupuy*
720. 33 Newport Street, *par Richard Hoggart*
721. La Traversée des catastrophes, *par Pierre Zaoui*
722. Petit dictionnaire de droit constitutionnel *par Guy Carcassonne*
723. La Tranquillité de l'âme, *par Sénèque*
724. Comprendre le débat européen, *par Michel Dévoluy*
725. Un monde de fous, *par Patrick Coupechoux*
726. Comment réussir à échouer, *par Paul Watzlawick*

727. L'Œil de l'esprit, *par Oliver Sacks*
728. Des yeux pour guérir, *par Francine Shapiro et Margot Silk Forrest*
729. Simone Weil, le courage de l'impossible *par Christiane Rancé*
730. Le Philosophe nu, *par Alexandre Jollien*
731. Le Paradis à la porte, *par Fabrice Hadjadj*
732. Emmanuel Mounier, *par Jean-Marie Domenach*
733. L'Expérience concentrationnaire, *par Michael Pollak*
734. Agir dans un monde incertain, *par Michel Callon, Pierre Lascoumes et Yannick Barthe*
735. Le Travail créateur, *par Pierre-Michel Menger*
736. Comment survivre à sa propre famille, *par Mony Elkaïm*
737. Repenser la pauvreté, *par Abhijit V. Banerjee et Esther Duflo*
738. Faites vous-même votre malheur, *par Paul Watzlawick*
739. Au-delà du principe de plaisir, *par Sigmund Freud*
740. Psychologie de masse et analyse du Moi, *par Sigmund Freud*
741. Lacan, envers et contre tout, *par Élisabeth Roudinesco*
742. Les Structures sociales de l'économie, *par Pierre Bourdieu*
743. La Double Absence, *par Abdelmalek Sayad*
744. Pourquoi l'amour fait mal, *par Eva Illouz*
745. Fin de l'Occident, naissance du monde, *par Hervé Kempf*
746. Vers un nouvel ordre du monde *par Gérard Chaliand et Michel Jan*
747. Les Mots de l'histoire, *par Jacques Rancière*

748. À la recherche de l'école de Palo Alto *par Jean-Jacques Wittezaele et Teresa García-Rivera*
749. L'Art de l'insulte, *par Arthur Schopenhauer*
750. Mythe et religion en Grèce ancienne *par Jean-Pierre Vernant*
751. L'Art ou la Vie !, *par Tzvetan Todorov*
752. Sur l'État, *par Pierre Bourdieu*
753. La Force de l'ordre, *par Didier Fassin*
754. Tolstoï, *par Christiane Rancé*
755. Petit traité de l'abandon, *par Alexandre Jollien*
756. Nourrir sa vie à l'écart du bonheur, *par François Jullien*
757. Stratégie de la thérapie brève *par Paul Watzlawick et Giorgio Nardone*
758. La Dictature, *par Carl Schmitt*
759. Petite Métaphysique des tsunamis, *par Jean-Pierre Dupuy*
760. Penser/Classer, *par Georges Perec*
761. Les Sept Savoirs nécessaires à l'éducation du futur *par Edgar Morin*
762. La Fin des sociétés, *par Alain Touraine*
763. L'Échec de l'islam politique, *par Olivier Roy*
764. Mozart, *par Norbert Elias*
765. La Guerre civile, *par Giorgio Agamben*
766. Cioran, *par Stéphane Barsacq*
767. Les Banlieues de l'islam, *par Gilles Kepel*
768. Sortir de la malédiction, *par Abdelwahab Meddeb*
769. Les animaux aussi ont des droits, *par Boris Cyrulnik, Elisabeth de Fontenay et Peter Singer*
770. Le Savant et le Populaire, *par Claude Grignon et Jean-Claude Passeron*
771. Comment Woody Allen peut changer votre vie *par Eric Vartzbed*

772. La Musique et l'Ineffable,
par Vladimir Jankélévitch
773. Les Termes clés de l'analyse du théâtre
par Anne Ubersfeld
774. Les Sociétés et leur école, *par François Dubet, Marie Duru-Bellat et Antoine Vérétout*
775. Le Moi et le Ça, *par Sigmund Freud*
776. La Société des affects, *par Frédéric Lordon*
777. La Vie au guichet, *par Vincent Dubois*
778. Les Rebelles, *par Jean Ziegler*
779. Main basse sur l'Afrique, *par Jean Ziegler*
780. Le Pouvoir africain, *par Jean Ziegler*
781. La Victoire des vaincus, *par Jean Ziegler*
782. Une Suisse au-dessus de tout soupçon,
par Jean Ziegler
783. Le Mystère français, *par Emmanuel Todd et Hervé Le Bras*
784. Courts voyages au pays du peuple,
par Jacques Rancière
785. Sollers écrivain, *par Roland Barthes*
786. La Traversée des frontières, *par Jean-Pierre Vernant*
787. L'Apathie libérale avancée,
par François Châtelet
788. L'Encre de la mélancolie, *par Jean Starobinski*
789. La Deuxième gauche, *par Hervé Hamon, Patrick Rotman*
790. Le Mythe de l'islamisation, *par Raphaël Liogier*
791. Self islam, *par Abdennour Bidar*
792. Le Moïse de Michel-Ange, *par Sigmund Freud*
793. L'Odeur du si bémol, *par Oliver Sacks*
794. Sociologie de l'expérience, *par François Dubet*
795. Sociologie d'une crise religieuse,
par Emmanuel Todd

796. Puisque tout est en voie de destruction,
par Fabrice Hadjadj
797. Les Moments et leurs hommes,
par Erving Goffman
798. Pari de civilisation, *par Abdelwahab Meddeb*
799. Procès ou Création, *par François Jullien*
800. Manet, une révolution symbolique,
par Pierre Bourdieu
801. Retour sur la question juive,
par Élisabeth Roudinesco
802. La Seconde Main, *par Antoine Compagnon*
803. La Faillite de la pensée managériale,
par François Dupuy
804. La Crise sans fin, *par Myriam Revault d'Allonnes*
805. Roland Barthes, *par Tiphaine Samoyault*
806. Vienne fin de siècle, *par Carl Schorske*
807. État de vigilance, *par Michaël Fœssel*
808. Une histoire du wahhabisme, *par Hamadi Redissi*
809. Le Bon Gouvernement, *par Pierre Rosanvallon*
810. L'Ombre du monde, *par Didier Fassin*
811. Le Bonheur d'être suisse, *par Jean Ziegler*
812. La Fable cinématographique,
par Jacques Rancière
813. Un islam pour notre temps, *par Abdennour Bidar*
814. Sigmund Freud, en son temps et dans le nôtre
par Élisabeth Roudinesco
815. Quel bouddhisme pour l'Occident ?,
par Fabrice Midal
816. Abrégé de théorie analytique (1931),
par Sigmund Freud
817. Lou Andreas-Salomé, *par Stéphane Michaud*
818. L'Inscription corporelle de l'esprit, *par Francisco Varela, Evan Thomson, Eleanor Rosch*
819. En mouvement, *par Oliver Sacks*

820. En quête de l'Orient perdu, *par Olivier Roy*
821. La Diversité du monde, *par Emmanuel Todd*
822. Écrits sur le signe, *par Charles S. Peirce*
823. Jésus selon Mahomet,
par Gérard Mordillat et Jérôme Prieur
824. Le Temps de la consolation, *par Michaël Foessel*
825. Sauve qui peut la vie, *par Nicole Lapierre*
826. Nouvelles Relations internationales
par Philippe Moreau Defarges
827. L'Enfant et le Savoir, *par Martine Menes*
828. Histoire de la philosophie, *Collectif*
829. Qu'est-ce qu'un chef en démocratie ?,
par Jean-Claude Monod
830. Charlotte Delbo, *par Ghislaine Dunant*
831. Un silence religieux, *par Jean Birnbaum*
832. Radicaliser la démocratie,
par Dominique Rousseau
833. Retournez les fusils !, *par Jean Ziegler*
834. Univers de la fiction, *par Thomas Pavel*
835. En quête de respect, *par Philippe Bourgois*
836. Chroniques des temps consensuels,
par Jacques Rancière
838. En tenue d'Ève, *par Delphine Horvilleur*
839. La Raison humanitaire, *par Didier Fassin*
840. Un furieux désir de sacrifice, *par Fethi Benslama*
841. Les Affects de la politique, *par Frédéric Lordon*
842. Suicide, *par Christian Baudelot, Roger Establet*
843. Une ethnologie de soi, *par Marc Augé*
844. Vérité et Méthode, *par Hans-Georg Gadamer*
845. Marcher avec les dragons, *par Tim Ingold*
846. Les Psychoses, *par Jacques Lacan*
847. Les Trois Piliers de l'islam,
par Jacqueline Chabbi
848. Les Sources du moi, *par Charles Taylor*

849. Dépasser le passé, *par Francine Shapiro*
850. L'Âge du faire, *par Michel Lallement*
851. Le Mouvement de Mai, *par Alain Touraine*
852. La Société ouverte et ses ennemis, t. 1, *par Karl Popper*
853. La Société ouverte et ses ennemis, t. 2, *par Karl Popper*
854. Sociologie générale v. 1., *par Pierre Bourdieu*
855. Sociologie générale v. 2., *par Pierre Bourdieu*
856. Où en sommes-nous ?, *par Emmanuel Todd*
857. L'Être et l'Événement, *par Alain Badiou*
858. 6. Le soulèvement des machines, *par Alexandre Laumonier*
859. 5. Retour vers le futur, *par Alexandre Laumonier*
860. Utopies réalistes, *par Rutger Bregman*
861. Change le monde… il en a besoin, *par Jean Ziegler*
862. Montrez-moi vos mains, *par Alexandre Tharaud*
863. Ravel, *par Vladimir Jankélévitch*
864. Les Excès du genre, *par Geneviève Fraisse*
865. Le Djihad et la Mort, *par Olivier Roy*
866. Les Enchanteresses, *par Jean Starobinski*
867. Vidal et les siens, *par Edgar Morin*
868. Figures III, *par Gérard Genette*
869. Après la fin du monde, *par Michaël Foessel*
870. L'Exercice de la parenté, *par Françoise Héritier*
871. La Préparation du roman, *par Roland Barthes*
872. Le Commerce des regards, *par Marie-José Mondzain*
873. L'Éthique de la psychanalyse, *par Jacques Lacan*
874. Changer l'Europe, c'est possible !, *Collectif*
875. Vivant jusqu'à la mort, *par Paul Ricœur*
876. La Transfiguration du banal, *par Arthur Danto*

877. Zomia ou l'Art de ne pas être gouverné, *par James C. Scott*
878. Le Corbusier, *par François Chaslin*
879. Le Mythe de la singularité, *par Jean-Gabriel Ganascia*
880. Le Parlement des invisibles, *par Pierre Rosanvallon*
881. Un monde en nègre et blanc, *par Aurélia Michel*
882. La Spirale du déclassement, *par Louis Chauvel*
883. Les Nourritures, *par Corine Pelluchon*
884. Faut-il avoir peur de la population mondiale ? *par Jacques Véron*
885. Notre histoire intellectuelle et politique *par Pierre Rosanvallon*
886. La Condition anarchique, *par Frédéric Lordon*
887. Le Discours amoureux, *par Roland Barthes*
888. Contre la haine, *par Carolin Emcke*
889. Pour une histoire des possibles, *par Pierre Singaravélou et Quentin Deluermoz*
890. Beethoven, *par André Boucourechliev*
891. Pour Roland Barthes, *par Chantal Thomas*
892. L'Europe est-elle chrétienne ?, *par Olivier Roy*
893. Punir, *par Didier Fassin*
894. La Religion des faibles, *par Jean Birnbaum*
895. Archipel des passions, *par Charlotte Casighari et Robert Maggiori*
896. Leçons sur la volonté de savoir (1970-1971) *par Michel Foucault*
897. Théories et institutions pénale (1971-1972) *par Michel Foucault*
898. L'Archipel français, *par Jérôme Fourquet*
899. Le Corps des autres, *par Ivan Jablonka*
900. Réflexion faite, *par Paul Ricœur*